U0074736

完美特務

張曼娟——策劃
張維中——撰寫
九子——繪圖

十年一瞬間——學堂系列新版總序

張曼娟

常常在演講的時候，遇見一些年輕的讀者，他們從容自在的聆聽，意會的頷首，耐心等待著我為他們的書簽名，而後，像是要傾訴一個祕密那樣的靠近我，微笑著對我說：「曼娟老師，我是讀著【○○學堂】長大的。」【奇幻學堂】、【成語學堂】或是【唐詩學堂】就這樣被說出來，說的時候，帶著對於童年與成長的溫柔依戀。

啊！這一批孩子們已經長大了啊，他們看起來，都是很好的成年人了。也許不是念文學相關科系的，可是，他們一直保持著對於文字的敏感度，對於人情世故的理解。

「老師什麼時候要為我們這些小孩子寫書呢？」到現在，我依然能聽見最

初提出這個請求的那個女孩，對我說話的聲音。

而我確實是呼應了她的願望，開始創作並企劃一個又一個學堂系列。

以【奇幻學堂】為起點，我和幾位優秀的創作者：張維中、孫梓評、高培耘與黃羿瓅反覆的開會討論著，除了將古代經典的寶庫傳承給孩子，更想與他們一同走在成長的路上，不管是喜悅或失落；不管是相聚與離別，都是生命的課題，都那麼貴重，應該要被了解著、陪伴著，成為孩子心靈中恆常的暖色調。

這樣的發想和作品，獲得了許多家長、老師的認同，更令我們感到欣喜莫名的是，孩子們的真心喜愛。於是，接著而來的【成語學堂Ⅰ】、【成語學堂Ⅱ】和【唐詩學堂】也都獲得了熱烈回響。

十年之後，那個最初提議的女孩，化成許多個大孩子與小孩子，來到我的面前，與我微笑相認。讓我們知道，當初不只是古典新詮，更是探討孩子成長中各種情境的系列作品，有著這樣深刻的意義。

也是在演講的時候，常有家長詢問：「我的孩子考數學，演算題全對，但是一到應用題就完蛋了，他根本看不懂題目呀。到底該怎麼辦？」這是發生在許多成績優秀的孩子身上的悲劇。

「中文力」不僅能提升國語文程度，而是提升一切學科的基礎，這已經是陳腔濫調了。中文力，不僅是閱讀力，還有理解力與表達力。能不能看懂考題，在考試時拿高分，固然重要。然而，更大的隱憂卻是，應付考試，得到高分的歲月，只占了短短幾年，孩子們未來長長的人生，假若沒有足夠的理解與表達能力，他們將如何面對社會激烈的競爭？如何與他人建立良好的人際關係？這樣的擔憂與期望，才是我們十年來投入許多心血與時間，為孩子創作的初衷。

我們感知到孩子無邊無際的想像力，在成長中不斷消失，於是創作了【奇幻學堂】；察覺到孩子對成語的無感，只是機械式的運用，於是創作了【成語學堂】；發現到孩子對於美感和情感的領受，變得浮誇而淺薄，於是創作了【唐詩學堂】。

十年，彷彿只在一瞬之間，許多孩子長大了，許多孩子正在成長，我們仍在創作的路上，以珍愛的心情，成為孩子最知心的陪伴。

目次

系列總序 十年一瞬間 張曼娟……2

創作緣起 遙指夢裡村 張曼娟……9

人物介紹……15

第一章 決定……19

對牛彈琴……20

如魚得水……27

一瀉千里……32

一言九鼎……39

第二章 獲得……45

十拿九穩……46

退避三舍……52

立竿見影……57

借花獻佛……64

青面獠牙……69
沉魚落雁……77
器宇軒昂……83
萬人空巷……89

第三章
團結……97

鬥可羅雀……98
眾志成城……103
掩耳盜鈴……109
赴湯蹈火……115
烏合之眾……120
以卵擊石……125
望梅止渴……130

第四章
失去……137
鷸蚌相爭……138
忠言逆耳……143
肝膽相照……149
攀龍附鳳……155
門戶之見……161
彈丸之地……165

第五章
選擇……173
道聽塗說……174
棄暗投明……178
別有洞天……183
森羅萬象……189
葉落歸根……194

附錄
成語錄……203

序

創作緣起

遙指夢裡村

張曼娟

《美女與野獸》的故事，並不是我聽來的，也不是讀來的，而是一張圖一張圖拼起來的。那年我約莫七、八歲，剛從午覺中醒來，卻還沒獲得起床許可的時光裡，常常，我和弟弟躺在父母親的大床上，翻閱著母親從教會領回來的、國外捐贈的書籍雜誌，打發時間。

有一本彩圖鮮亮飽滿的圖文書，上面的文字既不是中文，也不是英文（可能是德文或法文），其中的彩圖完全魅惑住我。一個父親與三個女兒，住在一幢簡陋的房子裡，父親背著包袱要出門了，他和三個女兒話別，最小的女兒親吻了他。接著便是回程時，父親遇見的風雨交加；一座陰森而華麗的古堡；滿桌豐盛的食物；花園裡開滿各種顏色的玫瑰花；父親伸手採下一朵鮮豔的玫瑰，剎時，天黑了，閃電打雷，一個可怕的怪獸出現，玫瑰驚恐的墜落在地上。

啊！我和弟弟一齊叫出聲，鑽進被子裡，又笑又叫。

故事書是國外捐贈來的，故事是自己拼出來的，但，那種樂趣是無可取代的。我們有自己的版本，關於野獸大變身的故事，或是偷取玫瑰的愛情故事，在半夢半醒之間，沒有電玩也沒有電視的歲月裡，一本無法閱讀的故事書，給了我們一座如夢似幻的村莊，成為我們最瘋狂的遊樂場。

如果真的有一個叫做「夢裡村」的地方，會讓我們的夢想實現嗎？會牽引著不可能的相逢嗎？會看見通往未來的階梯嗎？夢裡村的居民，應該就是一個又一個既年輕又古老的故事吧。

繼【張曼娟奇幻學堂】與【張曼娟成語學堂Ｉ】之後，我們再度敲開了夢裡村的大門，仍然是很會說故事的四位創作好手，將成語典故與嶄新的故事結合，推出了【張曼娟成語學堂II】。

高培耘在第一本成語故事中寫的是《尋獸記》，這次，她可真的要帶我們去尋獸了呢，一個叫小光的小男孩，遺失了他最好的朋友，一隻叫做「嘟嘟」的白狗。他想盡一切辦法要把狗狗找回來，卻一再落空。在這個世界上，很多東西

失去了，是不是就永遠找不回來了？像是他的胖嘟嘟；像是他最愛的外婆的記憶力，彷彿都找不回來了。但，總有一些什麼，是永遠不會失去的吧？在培耘的《胖嘟嘟》裡，這是小光的功課，也是我們的追尋。

張維中在第一本成語故事中寫的是《野蠻遊戲》，十分驚險刺激，這本新書《完美特務》，又是怎樣的一場特別任務呢？三個性格不同的好朋友，成天抱怨著「無聊啊，真無聊！」現實生活中必須做自己不想做的事，不是補習，就是學才藝，如果可以生活在電動玩具的世界裡，應該再也不會無聊了吧？他們的夢想成真了，嚴苛的考驗接踵而來，原來，電玩的世界比真實世界更加冷酷無情，必須要同心協力，才能闖關成功。而他們的最終目的只有一個，重返再也「不無聊」的真實世界。

黃羿瓅在第一本成語故事中寫的是《我是光芒！》，描述校園中可能產生的各種社交與人際關係，這一次則是一個跨海尋親的故事。生長在美國、叫做山米的少年，帶著他的身世之謎，來到臺灣，與一群並無血緣關係的人生活在一起，而他們似乎是他尋親的唯一線索。連那隻叫做浪花的小狗，也成了山米的好哥兒們。《山米和浪花的夏天》，一個不長不短的夏天，河與海交界的淡水小鎮，聆聽著潮汐的聲音，山米能找到他的生身父母嗎？或者他還能得到更多更多，超乎想像？

孫梓評在第一本成語故事中寫的是《爺爺泡的茶》，一曲溫馨又感傷的離別賦。告別，也是這本新書《星星壞掉了》的重要主題，卻是很難面對的事。國中生小傑有溫暖的家庭，有和諧的校園生活，還有繪畫的天賦，只是沒人發覺他內心的那個傷口，多年前的某個夜晚，滿天星星都壞掉了，一點也不會發光。那場大地震，幼年的小傑無法與爸爸告別，什麼也不能挽回。當媽媽準備再婚時，那如琉璃易脆，又如海洋深邃的少年的心靈坍塌了，他必須啟程，一場命定的告別之旅。

依然是讀著故事學成語，而我們還想跟孩子分享更多，怎麼與寵物建立獨特的情感，還要學會分離？如何體貼老人家的心情，當他們的記憶一點一點失去？所謂的完美其實並不存在，不管在真實或虛擬的世界中，如果不能互助合作，怎麼能夠挑戰未來？成長不一定得失去對人的熱情與付出，當你主動伸出

臂膀，不就有機會擁抱世界？每個人的心中都有傷口，有的人選擇流淚，有的人卻選擇微笑，你會怎麼選擇呢？

四位創作者都真誠的寫出了他們珍愛的故事，而我只是個牧童似的指路人，想要溫暖的安慰；想要成長的啟示；想要落淚的感動；想要歡笑的趣味——借問故事何處有？牧童遙指夢裡村。

謹序於二〇〇九年白露之前　臺北城

人物介紹

【完美三人組】

大牛

性格溫暖、給人安全感，對朋友很講義氣的男生。不過，總認為自己是個只會念書，卻不懂打扮的書呆子，對外型帥氣的阿霖因此常有複雜的情緒。國文造詣十分高超，是三個人當中的小老師。

阿霖

夢想在未來成為一個「名模」，因此積極參與任何有關選秀活動的比賽，目標是在國中的年紀便能進入演藝圈或站上模特兒伸展臺。喜好一切美的事物，注重形象，卻因此常不經意的以外表評斷他人，有著先入為主的缺點。

小茜

思考冷靜，條理分明，常被人稱讚是個與眾不同的女生。她認為所謂的「與眾不同」只是安慰她的說法，因為她的脣顎裂，小茜和這世界的溝通選擇了靜音模式。只有在大牛和阿霖面前，才能表現出真實的情緒和感受。

【特務強敵手】

時鐘怪客

一個長了手腳的時鐘，帶領大牛、阿霖和小茜，走進什麼都慢半拍的「慢慢島」國度。

鱷魚老婆婆

鱷魚化身的老婆婆，頭髮凌亂，蓋住了一半的臉。而臉上也髒兮兮的，好像很久沒清洗似的。生存目標是要讓全世界都慢半拍。

偶像國狐狸精

痛恨一輩子當平凡人，因此假扮成幾可亂真的白雪公主、哆啦A夢，以及巨人，滿足受人崇拜的心。他強烈主張世界該定期清除過度完美的人，否則，從小被取笑笨、長得醜又沒有人緣的傢伙，就永遠不得翻身了。

圓規精

一只壞掉的圓規修煉成精，卻永遠畫不出完美的圓形。因此，他害怕圓形，害怕圓滿，更害怕比他有自信的人。他要把這個世界裡所有的圓形都變不見，同時吸取所有人的自信，藉以壯大自己的懦弱性格。

爆炸少年

完美特務世界裡，一切挑戰關卡的幕後策劃者。不讓大牛、阿霖和小茜回到現實世界，引誘他們留在虛幻國度裡成為夥伴，一起研發有趣的任務，吸引現實生活中，常抱怨無聊，漫無目標的小朋友們，也踏進這個虛幻世界。

第一章

決定

對牛彈琴

跟不懂道理的人講道理，完全是白費工夫。

每個人都望著同一個方向。

什麼話也沒說，大家各自坐在自己的位子上，就這麼望著牆上的同一個地方，已經過了將近一個小時。

「真的還不行嗎？」

終於，我打破了沉默。

這句話說完以後，整個空間又陷入寂靜，令我懷疑其實剛剛沒有開口，一切只是因為過度炎熱而產生的幻覺。

「還不到。」

不久，老爸終於說話，然後又是一片安靜。他氣定神閒的，繼續翻著他的

報紙，讓我又以為是自己的幻聽。

牆上的溫度計顯示著攝氏三十二度。老爸說，地球暖化人人有責，所以，為了環保，縱使夏天很熱，但是不到三十三度就不能開冷氣。

「只差一度，真的不行嗎？」我又開口。

「如果連這點堅持都做不到，以後做什麼事情都準確不了。」老爸教訓我，接著，他把報紙收一收，說：「你們幫忙看店吧，我去睡個午覺。」

「老爸不是說吃飽飯的一小時內最好不要立刻睡覺嗎？會對身體不好。現在還差十分鐘。」我說。

老爸抬頭看了看牆上的時鐘，淡淡撂下一句：「六十分跟五十分，差不多。小孩子不要學得那麼斤斤計較！」

我整個傻眼，看著老爸的背影，一句話也說不出來。

我繼續一邊看書，一邊吃冰棒。坐在我身旁的阿霖，也繼續打著他的遊戲機。除了老爸消失以外，一切都沒什麼改變。

阿霖從小學四年級就跟我同班，直到我們六年級。他的夢想是成為一個「名

模」，巧的是他的名字叫做林致霖，跟電視上那個名模林志玲的名字發音一樣。所以，他積極參與任何有關選秀活動的比賽，目標是到了國中就從演藝圈或模特兒圈出道。

不幸的是，這世界上相信他真的會成功的只有兩個人，一個是他自己，一個就是我。也許是這個原因，阿霖把我看成他的好朋友。否則，我們的價值觀差得那麼遠，他又是那麼注重外表的人，不可能跟我這個不懂得穿著打扮的土包子交朋友的。

「大牛，我覺得啊，你們的雜貨店應該改個名字。」阿霖突然開口。

「改成什麼？」我問他。

「鼎泰豐。」

「幹麼改成小籠包店的名字？」

「是頂太瘋。」阿霖拿了紙筆，寫給我看。

「你不覺得我們兩個現在坐在這裡，跟蒸籠裡的小籠包沒什麼兩樣嗎？頭頂一直冒汗，久了一定會瘋掉的，所以是頂太瘋。難道不能再說服你老爸嗎？為

什麼那麼堅持三十三度才能開冷氣？」

「沒用啦。對他講那麼多，簡直是對牛彈琴。」

「對牛彈琴？」

「從前有個叫做公明儀的人，曾經對著牛彈琴，可是牛當然聽不懂人類的音樂，只顧著繼續低頭吃草。後來，這句成語就用來比喻跟不懂道理的人講道理，完全是白費工夫的意思。」

「我還以為是因為你們姓牛的關係。」

有些人雖然才國小六年級，但是就充滿了帥的未來性，阿霖就是這種男生。遺憾的是，他的頭腦並沒有跟他的外表成正比。

話題回到堅持三十三度才能開冷氣的老爸。

為什麼是三十三度呢？問老爸，他始終不願意說，只不斷重複：「反正是環保就對了！」但我查遍網路，沒有任何人說過，三十三度這個數字，與開冷氣或環保有關。

口口聲聲說環保，講得倒是好聽，我知道老爸根本只是為了省錢而已。

就像這間破舊的雜貨店，好幾次都有人來遊說，希望可以協助我們改建，加盟成現代化的連鎖超商，但老爸屈指算了算，只要一動就會花上不少錢，便寧願維持現在這個老樣子。

現在誰要來這種雜貨店買東西呢？室內沒有動線可言，東西也陳列得毫無章法，最重要的是，竟然沒有冷氣。在這麼炎熱的季節裡，進來這種雜貨店買東西，恐怕連選一罐飲料的耐性都沒有。

「還有一個小時，我又要去補英文了。真羨慕你，不用去補習。」阿霖無奈的說。

「我想跟你們一起去補習啊，晚上一個人在房間裡，超無聊的耶！可是，我那對牛彈琴的老爸卻說，想學英文，上網看英文新聞就好。我看也只是因為想省錢吧。」

「算了，你沒去也好。因為一堆無聊的人塞在補習班裡，是加倍的無聊。」

「唉，總而言之就是……」我把最後一口冰塞進嘴巴裡。

「很、無、聊。」

我跟阿霖異口同聲的說了同樣的話。兩個人相視而笑。

炎熱暑假的某個午後，無所事事的我和阿霖待在我家的雜貨店裡。在距離他要去補習之前還有一個小時，繼續蒸著我們扮演的兩枚小籠包。

對牛彈琴

【成語的由來】

《弘明集．卷一．漢．牟融．理惑論》

問曰：「子云：『佛經如江海，其文如錦繡。』何不以佛經答吾問，而復引《詩》《書》合異為同乎？」牟子曰：「渴者不必須江海而飲，飢者不必待廒倉而飽。道為智者設，辯為達者通，書為曉者傳，事為見者明。吾以子知其意，故引其事。若說佛經之語，談無為之要，譬對盲者說五色，為聾者奏五音也。師曠雖巧，不能彈無弦之琴。狐貉雖熅，不能熱無氣之人。公明儀為牛彈〈清角〉之操，伏食如故。非牛不

聞，不合其耳矣。轉為蚊虻之聲、孤犢之鳴，即掉尾、奮耳，蹀躞而聽。是以《詩》、《書》理子耳。」

【大牛愛解說】

為牛彈琴，但牛依然低頭而食，聽而不聞。比喻講話、做事不看對象，後亦比喻對不懂道理的人講道理。

【小茜連連看】

對牛鼓簧、對驢彈琴、語不擇人

【阿霖反過來】

舉一反三、心領神會、頑石點頭

如魚得水

魚有了水，就能暢快優游了。

我一點也不喜歡放暑假。

班上的其他同學，不是去補習就是去上才藝班，只有我，想去才藝班和補習班卻去不成，每天只得遵從我老爸的期望，跟他顧著這間一整天裡能有三個客人上門，就要偷笑的傳統雜貨店。

要是真的只是顧店那也就算了，至少還能打打遊戲機或什麼都不做的發呆。但是，老爸會限制我打遊戲機的時間，還要求我顧店的同時也得看書。

所以我的暑假很漫長，我一點也不喜歡。

平常上課時，白天還能跟同學在學校裡嘻嘻哈哈的，一放假，只剩下我一個人。所幸，我還有時常會來雜貨店陪我的阿霖跟小茜。

小茜跟阿霖一樣，都是我的同班同學。我和阿霖會成為好朋友，已經是一件挺稀奇的事情了，但小茜竟然也會跟我們兩個男生湊在一起，更是怪奇，因為小茜很少跟班上其他同學打交道的。

小茜是個沉默不多話的女生，思考冷靜，條理分明，給人一種距離感。當然我知道她會跟人保持距離的原因。

因為她是個唇顎裂的女生。

雖然已經動過手術了，但還是可以明顯看得出來。小茜從來沒提過這件事，但我知道她心裡始終很介意。她認為只要她跟其他女生站在一起，就會成為焦點。她討厭這種受矚目的感覺。

所以我想，當小茜跟我和阿霖在一起時，是比較有安全感的。因為我除了考試以外，大部分時候都對外界反應慢半拍，而且本身就是個相當土氣的傢伙，當然不會在乎別人的外表。至於阿霖，他雖然愛美，但也不會在乎別人的外表，因為他只在意他自己。

這天下午，小茜抱著她的電子琴鍵盤來到雜貨店。

「待會要去上音樂課？」

我問小茜。她微笑，點點頭。

「你知道阿霖今天下午去哪裡嗎？我還以為他今天下午也會來這裡。」我問小茜。

「好像是去參加圍棋比賽了。」

小茜說話時，總是輕聲細語。第一次跟她對話時，我幾乎以為她在說唇語。

「圍棋？沒搞錯吧？阿霖是要走伸展臺的，怎麼會對下棋有興趣？」

「有電視臺會錄影轉播的。雖然只是地方電視臺。」

「原來如此。只要有鏡頭在，他做什麼都會如魚得水了。」

「這跟魚和水有什麼關係啊？」

「喔，如魚得水啊，在《三國志》裡，劉備為了一統天下，請來諸葛亮當軍師，但卻引起別人的不滿。最後，劉備向人解釋諸葛亮對於自己的重要性，他說啊，自己是條魚，諸葛亮是水，魚有了水，就能暢快優游了。」

聽完我的解釋以後，小茜笑了起來。

「你想啊，攝影機的鏡頭會一直固定照著下棋的人。阿霖只要想到自己一直被拍，原本不愛圍棋的，也會變得如魚得水了吧。」我說。

「大牛你在翻什麼書？」小茜換了話題。

「喔，很無聊，是一本法律書。我想研究一下十二歲的小孩被家人強迫顧店，而且不給付薪資，算不算非法童工。很無聊吧？」

說完，自己都笑出聲來了。

「那，我去上音樂課了。」小茜說。

「真好，上自己有興趣的才藝課，一定很好玩。」

「不，」小茜搖搖頭：「很無聊的。」

「咦？」

正當我納悶為什麼小茜會這麼說的時候，忽然間，聽到屋外傳來一句「好無聊啊！」的叫喊聲。緊接著，人，便出現了。是阿霖。

看到今天的阿霖，我跟小茜睜大了眼睛，說不出話來。

如魚得水

【成語的由來】《三國志．卷三十五．蜀書．諸葛亮傳》

孤之有孔明，猶魚之有水也。

【大牛愛解說】像是魚在水中優游一般自在，比喻得到志同道合的人或處在適合於自己發展的環境，能夠發揮所長。

【小茜連連看】如虎添翼、志同道合、意氣相投

【阿霖反過來】寸步難行、龍困淺灘、格格不入

一瀉千里

難道是比喻吃壞肚子上廁所的意思嗎？

參加完圍棋比賽後的阿霖出現在雜貨店裡時，我們被他的打扮給嚇了一大跳。

「你的頭髮怎麼了？」我問他。

阿霖的頭髮像是被雷打到似的，捲曲成一塊。喔，不，我覺得更精準的說法，應該像是一塊做壞的蛋糕，恰恰好掉到他的頭上。

「我想說既然有電視轉播，就該有特別的打扮啊，才能成為焦點，說不定有什麼星探就因此看見了我。所以，我偷用了我老姊的捲髮器，早上出門前燙了一下頭髮。」

「結果呢？」小茜忍住笑問。

「結果，我等了好久，終於等到我上場時，電視轉播已經結束。因為他們只取最前面幾組的畫面而已。害我呆坐了那麼久，白費力氣，無聊死了！」

見阿霖一副失望的表情，又看見他滑稽的樣貌，我想笑又不敢笑，只好保持沉默。

「你們那麼安靜幹麼？好歹替我抱屈一下啊。」阿霖說。

我真不知道該說什麼，忽然間，琴聲在我們之間冒了出來。是小茜，拿出了她的鍵盤，開始彈起來。

小茜在我們面前，已經算是相當多話了。她在家裡也不太跟家人說話，經常把自己關在房間裡彈琴。她的琴聲裡，總有她想說的話。

「聽小茜彈琴，真有一瀉千里的暢快感。」

「你怎麼那麼沒水準？」阿霖指責我。

「怎麼了？」我一臉納悶。

「一瀉千里……應該是吃壞了肚子才會……那個……」阿霖做出一個忍不住的表情。

小茜突然彈錯了音。

「拜託，你才沒水準。一瀉千里的意思，是比喻技巧純熟，非常流暢，就像是黃河長江的大水，浩浩蕩蕩的奔流到千里之外。」我瞪了阿霖一眼。

「喔……」阿霖想現學現賣：「我希望我的口才，也能像是小茜的琴藝一樣，一瀉千里。這樣以後還能去主持節目呢！」

小茜的曲調忽然急轉直下，聽來十分哀戚。

「小茜真貼心，想用一瀉千里的琴聲撫慰我，對吧？」

小茜默默的點點頭。

「這是什麼曲子？」阿霖問。

「送葬曲。」小茜面不改色的回答。

我終於哈哈大笑。

第二天，繼續重複著另一個無聊的暑假午後。這天下午，我們三個人都聚集在雜貨店裡。老爸又像往常一樣去睡午覺了。

「你『節奏天國』現在打到哪一關了？」我問阿霖。

「我沒有在玩啊！」

「那你在幹麼？你不是一直拿著遊戲機在玩嗎？」

阿霖把遊戲機翻過來給我看，並沒有開機。真怪，沒有開機，那一直盯著遊戲機看做什麼？又不是在唸經。

「我買了一種螢幕保護貼，關機時，可以變成鏡子。」

阿霖一邊說，一邊撥弄他的瀏海。原來他是一直在照鏡子。

「你真無聊。」我說。

「本來就很無聊。」

「說得也是。」

阿霖從椅子上站起來時，遊戲機不小心掉到地上。

他緊張的把椅子移開，墊在椅子下的一張小地毯也被移動了位置。

他撿起來趕緊開機，檢查有沒有壞掉。就在他說「好險沒壞」的同時，忽然蹲下身子來，接著，整個人趴在地上。

「大牛，這是什麼？為什麼椅子下面有個奇怪的東西？」他問我。

「有嗎？我沒注意過。」

確實，墊在椅子下的地毯移開以後，牆角邊有個圓形像是人孔蓋的東西，覆蓋在地板上。住在這裡這麼久，我從沒注意過這塊地毯。

我跟阿霖好奇的把那蓋子掀開來，竟然是一道階梯。

「我從來不知道這裡有地下室。」我說。

停止彈奏的小茜也湊了過來。

「這種老舊的日式木屋，會不會有防空洞之類的？」她問。

「下去看看？」阿霖提議。

我還在猶豫的當兒，阿霖已經鑽了進去。

一瀉千里

【成語的由來】

唐・李白〈贈從弟宣州長史昭〉

淮南望江南，千裡碧山對。我行倦過之，半落青天外。宗英佐雄郡，水陸相控帶。長川豁中流，千裡瀉吳會。君心亦如此，包納無小大。搖筆起風霜，推誠結仁愛。訟庭垂桃李，賓館羅軒蓋。何意蒼梧雲，飄然忽相會？才將聖不偶，命與時俱背。獨立山海間，空老聖明代。知音不易得，撫劍增感慨。當結九萬期，中途莫先退。

【大牛愛解說】

本來形容水奔流直下，順暢且快速，後引申比喻行文或口才流暢，很有氣勢，並毫無阻礙。或者比喻快速下降且持續不停。

【小茜連連看】

筆翰如流、一落千丈、每下愈況

【阿霖反過來】

扶搖直上、一飛沖天

一言九鼎

鼎的重量很重，九個鼎加起來，當然就更重了。

我和小茜尾隨著阿霖，順著階梯而下，鑽進了雜貨店的地下室。

一走下去，我的心就開始怦怦跳，因為眼前盡是伸手不見五指的漆黑。

「喂！阿霖，你確定還要往下走嗎？前面完全看不到有什麼東西啊！」

我對著前方喊叫。光線昏暗，我已經看不到阿霖的背影。

不久，前方傳來阿霖的聲音。

「你們快下來啊！快來看，我發現一個很奇怪的東西！」

「我看你還是快點回來吧！小茜……很害怕呢！」我回話。

黑暗的階梯裡，漂蕩著我們的回音。

「這位同學，我什麼時候說我害怕啦？」

小茜納悶的問我。她的聲音確實相當沉穩，一點也沒有害怕的樣子。

「嗯……這個嘛，呵呵，不好意思……」

我尷尬的笑起來，連笑聲都有點顫抖。

其實，害怕的人是我。

終於，我和小茜慢慢的摸黑走到階梯的盡頭。

說也奇怪，一到了地下室，好像有光線照明似的，竟然不覺得黑了。

我看見阿霖的前方透出了微弱的藍光。阿霖背對著我們，不知道低頭在看什麼東西。忽然，他轉過頭來，說：

「快點！這邊有一臺放大版的遊戲機。」

「放大版的遊戲機？」我納悶。

我跟小茜走上前，一看，確實在一個圓形的石柱上，擺了一臺放大版的遊戲機。不過，仔細再看，我想那只是一臺長得類似遊戲機的東西。然而，我從來沒看過這種機型的遊戲機。這臺遊戲機的螢幕發出了淡淡的藍光。

「你們看，」小茜指著石柱旁的一個縫隙，說：「這裡面夾了一張像是遊戲

卡的東西。」

「抽出來看看嘛！」阿霖總是充滿好奇。

我本來想，狀況還沒搞清楚，應該先等一等的，但阿霖已經把那一張遊戲卡從石縫裡抽了出來，而且，用極快的速度將卡片插進了遊戲機裡。

結果，遊戲機像是壞了，一動也不動，只繼續發著藍光。

「真無聊！」阿霖說。

我把遊戲機拿過來，重新關機再開機，確實沒有動靜。雖然覺得阿霖剛才太魯莽了，但現在遊戲機沒有反應時，我心底竟然也覺得有點無聊，彷彿本來也期待有什麼新鮮的事情發生。

就在我們把遊戲機放回石柱上時，藍光突然閃了閃，把我們三個人嚇了一跳。接著，螢幕上出現了一行小字。

「決定接受這一場『完美任務』的挑戰嗎？」

題目下有「決定」跟「放棄」的選項。

完美任務？我們彼此對看了一下，因為好奇心使然，大家都點了點頭，然

後，由我按下「決定」的選項。緊接著螢幕又出現第二行字。

「可以中途棄權。但，只能有兩個人棄權。換句話說，最後一個被留下來的人，無論如何都必須玩完遊戲。真的決定要接受任務嗎？」問題下又出現「決定」跟「放棄」的選項。

「看起來心裡毛毛的。你們不會拋下我吧？」阿霖問。

「感覺你才是會第一個棄權的人。」小茜說。

阿霖搔搔頭，像是被說中心事一樣。

「放心啦，阿霖，聽起來還滿刺激的啊。反正整個暑假我們也沒去什麼遊樂園玩，現在總算有不無聊的事情啦，不是嗎？」

「可以不用去無聊的補習班了！」阿霖忽然笑起來。

「也不用去上無聊的才藝班了，不用被逼著去彈一些不想彈的曲子。」小茜難得說出自己的心聲。

「嗯！而且，既然要玩，我就絕對不會拋下你們的。相信我，我說話一向是一言九鼎的喔！我相信你們也不會拋下彼此的。」我說。

「一言九鼎？」阿霖轉頭問。

「鼎是古代禮儀中的一種器皿，後來成為國家的象徵。鼎的重量很重，九個鼎加起來，當然就更重了。所以，這是用來形容一個人說的話非常有分量，就如同九個鼎那麼重。」我解釋。

終於，我們按下了「決定」的按鈕。

突然間，螢幕上的藍光瞬間消逝，一剎那，黑暗的空間裡閃了好幾道七彩的刺眼光芒。然後，出乎意料的，一陣天搖地動猛然襲來。

「地震！」突如其來的地震，把我們三個晃得頭昏眼花。

這地震的震度非同小可，有一種世界就要毀滅的感覺。

在恐怖的搖晃中，我們抓住彼此，忍不住大叫起來，可是，就在叫聲都還沒結束之前，地震又倏地停止了。

我們被晃到了一座城堡的入口。

一言九鼎

【成語的由來】

漢・司馬遷《史記・卷七十六・平原君虞卿列傳・平原君》

毛先生一至楚而使趙重于九鼎大呂。毛先生以三寸之舌，強于百萬之師。勝不敢複相士。

【大牛愛解說】

「九鼎」為傳說中夏禹的傳國寶器，相傳夏禹稱帝後，將領土劃分為九個州，並用各州進貢的黃金打造了九個重鼎來象徵他所統治的中國。九鼎加起來的重量很重，後來「一言九鼎」引申用來比喻一個人說話很有分量或說話很有信用。

【小茜連連看】

一諾千金

【阿霖反過來】

人微言輕

第二章 獲得

十拿九穩

成功率達到百分之九十，那不是很厲害？

在大門關著的城堡入口，我們看見三粒漂浮在空中的骰子。那骰子像是太空裡的星球一樣，在原地緩緩的自轉著。更妙的是，在那三粒骰子下，還漂浮著我們三個人的名字。半透明而又閃亮的字體，在風中輕輕晃動起來。

「每個人都有一粒骰子。接下來的步驟是什麼呢？」小茜問。

「這是模仿瑪利歐派對的場景。」阿霖說。

「對耶！所以，我們必須各自站在骰子下擲骰子。」我說。

沒想到我們走進了電玩世界的場景。

接著，我們各自站在自己的骰子下。三個人齊聲喊著「一、二、三！」然後舉起右手，往天空中用力跳躍。這是在瑪利歐派對遊戲裡的擲骰子方式。

「砰！」的一聲，我們擊中了骰子。骰子在空中快速的旋轉了幾圈以後就慢了下來，直到停止轉動。骰子停止後，忽然在一陣煙之中消失了，然後從空中掉下三個東西來。

是三張撲克牌。

這要做什麼呢？當我還在想的時候，城堡的門忽然打開，走出了一個令我們瞠目結舌的怪東西。是一個長了手腳的時鐘怪客。不知道為什麼，我總覺得這個時鐘怪客還挺面熟的。

「滴答、滴答！滴滴答答，答答滴滴！」在時鐘的表面，突然冒出一張嘴巴來，看起來是在對我們說話，但是完全不明白他在講什麼。

這時候，我看了看我手上的撲克牌，忽然有個念頭。

「我希望我們三個人，獲得聽懂萬物聲音的能力！」

對著撲克牌講出了這句話以後，瞬間，我感到一陣暈眩。可是，大約只有三秒以後，一切又恢復正常。

「怎麼回事啊？」阿霖問。

我聳聳肩說不知道。阿霖和小茜說，他們剛才跟我一樣感到暈眩。

這時候，時鐘怪客笨重的向我們走來。我們害怕的往後退了好幾步。

「不要害怕啊，同學們！」

時鐘怪客開口說話。我們聽得懂他說的話耶！

不只如此，原本安安靜靜的周圍，突然變得嘈雜起來。仔細聆聽，竟發現我們聽得懂兩隻飛過的小鳥聊天的內容。

「要去哪啊？」

「嗯，先飛回家睡個覺，待會兒去尋覓小蟲，吃個下午茶吧。」

一轉身，又聽見城堡外的護城河，不只有潺潺流動的水聲，竟還有說話聲。原來是護城河正對河邊的大樹抱怨著：「最近我的身體真乾燥。再不下雨，我努力做的保溼就要前功盡棄啦！」

「是啊，你看看我的皮膚，皺紋愈來愈多。」大樹指的是它的樹皮。

「我倒是喜歡這種清清爽爽的感覺。下雨最討厭了，總是搞得我必須黑著一張臉，像是印堂發黑的倒楣鬼。」天上的白雲傳出聲音來。

太有趣了。原來那撲克牌能讓我們實現願望。

「你們很聰明。沒有人解說，你們就知道這撲克牌如何使用。那麼，對於完成任務，我想，你們絕對是十拿九穩了。」

時鐘怪客微笑起來說。

「什麼意思？十拿九穩？」不愛念書的阿霖發問。

「比方你有十件想要的東西，九個都能拿到，機率非常高。意思是很有把握，不會出錯，成功的機率高達百分之九十。」我解釋。

「如果我們手上有那麼厲害的撲克牌，想要什麼都能獲得，那遇到什麼困難，當然都能十拿九穩的化解啦。」阿霖一邊看著自己手上的牌一邊說。

「但是每張牌，最好只使用兩次唷！」時鐘怪客說。

「最好只使用兩次？」小茜問：「聽起來是超過兩次也可以？」

「你們真的很聰明哪！哈哈哈！」時鐘怪客說：「其實是可以用三次。每個人能獲得三樣能力。但，第三次許願的同時，也將會帶來意想不到的副作用。所以建議你們只使用兩次。」

「什麼副作用？」我問。

「我怎麼知道！就像是我也不知道你們接下來會想要許什麼願望啊，哈哈哈！很公平吧？總之，同學們，上路吧！」時鐘怪客回答。

「等一等，我們根本還不知道，這遊戲的完美任務，最終目的是什麼？」

小茜果然是女生，心思很細膩。我跟阿霖竟然都忘了這麼重要的問題。

「最終目的啊……讓你們不再感到生活無聊，而且，可以無憂無慮的生活。」時鐘怪客說。

「無憂無慮，天底下哪有這麼好的事情？」

「怎麼？不相信嗎？沒興趣了嗎？現在放棄，已經算是『中途棄權』了唷！有兩個人可以棄權。要棄權，就要快啊！」時鐘怪客故意激我們。

「玩下去！」我看著身旁的阿霖跟小茜，他們對我點點頭。

「我們要玩下去！」

「好啊！那麼，就快進城堡裡吧！前方的『慢慢島』正在等你們呢！」

慢慢島？

時鐘怪客轉身，領著我們走進開了大門的城堡。就在這時候，我終於想起那面熟的時鐘怪客，其實是雜貨店裡的老時鐘，老爸說已經用了三十多年。

十拿九穩

【成語的由來】明．阮大鋮《燕子箋．第七齣》

此是十拿九穩，必中的計較。

【大牛愛解說】比喻對於某件事很有把握，不會出錯。

【小茜連連看】萬無一失、勝券在握

【阿霖反過來】百密一疏

退避三舍

三色？避開哪三種顏色？

時鐘怪客領著我們走進城堡之後，眼前竟是一大片湖泊。

我們跟著他，走到了岸邊的碼頭，看見那裡停泊著一艘船。時鐘怪客要我們划去對岸的小島，而他，就送我們到此為止了。

「但是，我們並不知道船要往哪裡划啊？」阿霖說。

確實，眼前這面大湖非常寬廣，根本看不到哪裡有一座島。

「不知道就問船啊，它會告訴你們方向的。」

時鐘怪客提醒了我們，我們現在可是能夠跟萬物對話的。

上了船以後，我們三個人拿起船槳，然後由我代表，對船開口。

「船伯伯，請多多指教。麻煩您告訴我們，應該往哪裡航行？」

船忽然用力的抖動了一下，發出了「哼」的一聲。

「我不是伯伯！」船底傳出來的，是個女孩的聲音。

「啊，是船妹妹呢。難怪這艘船看起來那麼漂亮呀！」阿霖很刻意的說。

這時船緩緩的晃動了一下，我聽見一陣女孩的溫柔笑聲。

「嗯，哥哥姊姊，請先往前方划行，十分鐘後，再往右邊轉彎。」

顯然船妹妹高興了。

半小時之後，終於抵達了時鐘怪客要我們去的小島。

陽光普照下的這座小島，看來真是風光明媚。而且，我們一上岸就發現，這裡簡直像是座野生動物園，草地上有不少馬、牛和綿羊。

「好可愛啊！」小茜很驚喜。

「可是，」我忽然發現有點異狀，「你們有沒有發現，這些動物似乎警覺到我們的出現，開始退避三舍？」

「三色？避開哪三種顏色？」

我有時真懷疑阿霖除了帥氣的外表以外，腦袋瓜裡到底有沒有裝大腦。

「退避三舍的意思是遇見了實力堅強的人，或是碰到害怕的東西，所以拉開距離，避開來，保持安全。」我解釋。

「有嗎？我看不出牠們有移動。牠們不是一直站在原地？」阿霖問。

「不，你們仔細看看，牠們用非常緩慢的速度在移動。」我說。

大家盯著那些動物看了很久，終於同意我的說法。

「慢到有點奇怪呢！好像每隻羊、每匹馬、每頭牛都變成烏龜一樣在行走。一般來說，這些動物不會走得這麼慢吧？」小茜問。

我點點頭。然後忽然想起，在踏進城堡以前，時鐘怪客曾說我們要去的，是一座叫做「慢慢島」的地方。

原來，慢慢島是這個意思嗎？

我仔細注意著草原上的一景一物，真的發現似乎所有的東西都以比平常慢五倍以上的速度進行。風吹的速度感、隨風搖擺的樹枝、篩落在地上移動的陽光，都像是以慢動作播放的影片。不久，幾片烏雲緩緩的漂過來，天空中落下一道閃電，竟也是以慢動作進行的。

「就連光的速度都慢了下來，太不可思議了。」我說。

「啊，你們看，雨也是慢動作的。」阿霖說。

我們跟著他抬起頭，看見從烏雲上落下的雨，正以極緩慢的速度降到地面上。到底為什麼這座島上的一切，都慢了下來呢？

「前面有一條路，我們過去看看？」小茜提議。

我和阿霖點點頭。

不過，就在我們準備抬起腳步往前行的剎那，怪事發生了——我們三個人抬起了腳，卻凝結在原處，遲遲無法將腳給放下。好不容易，終於落下了腳步，準備再跨出另外一隻腳的時候，依然陷入同樣的狀況。

腦子裡想的是下一個動作，但身體卻慢半拍，原來是這麼痛苦。

「這下子怎麼辦？我們光是要走到那條路的起點，都那麼困難了，接下來要怎麼移動到另外一個地方呢？」小茜著急了起來。

結果，我們花了一個多小時，才走到平常只要十分鐘就能走到的地方。

退避三舍

【成語的由來】

《左傳．僖公二十三年》

晉楚治兵，遇于中原，其辟君三舍。

【大牛愛解說】

古人以三十里為一舍。「退避三舍」指作戰時，將部隊往後撤退九十里。後用「退避三舍」比喻主動讓步，保持相當的距離，以求安全。

【小茜連連看】

退徙三舍

【阿霖反過來】

周旋到底、當仁不讓

立竿見影

路燈下的影子，為什麼遲遲沒有出現？

花了好長的一段時間，我們終於沿著那條小路，走到了一處有民宅聚集的村莊。而這時，竟已經是晚上十一點了。

「慢動作的步伐，害我們花了一整天的時間走路。」我氣喘吁吁的說。

「我滿身大汗，頭髮全亂了！」在意自己外型的阿霖抱怨。

小茜什麼話也沒說，一個人靜靜的哼著歌。其實這正代表小茜心裡挺煩躁的。每次遇到什麼令她煩憂的事情時，她就會彈琴或唱歌。

其實，當你一整天都用慢動作的腳步行走時，到最後似乎也習慣了，不覺得自己走得特別慢。因為身邊的萬物，也都是以同樣的速度在運作的。

「肚子好餓。」我說。

阿霖跟小茜聽了也點頭。

「哪裡有賣吃的呢？」我張望了一下四周，這附近全是民宅，看不見有任何餐廳。即使有，恐怕也都已經打烊了。

「路上找不到人可以詢問呢。」阿霖說。

咦，何必問人呢？我們現在可以跟萬物對話啊。於是，停在一個十字路口的我，抬頭對著紅綠燈大聲喊著：「請問一下，您知道這附近哪裡有餐廳嗎？」

這次我學聰明了，避開性別的稱謂。

一會兒，紅綠燈發出沉穩的聲音，說：「問我就對了。從我這個路口往下走，先右轉，再左轉，你們就會看到一間二十四小時營業的速食店。」

太好了！有速食店還開著。我們趕緊照著它指示的方向前進。

「這個『慢慢島』上什麼都慢，所幸說話的速度並不慢。否則，問了一句話以後，等到他們回答，不知道要等到什麼時候呢！」我說。

好不容易到了速食店，我們各自點了想吃的東西。店員體貼的說：「請先到位子上稍等，待會兒會看桌上的號碼牌，將餐點遞送給你們。」

然而，這一等，就是十五分鐘。

「怎麼那麼久？餓死了！」阿霖的耐性快被磨光了。

「糟糕了！」我冒出這樣一句。

「怎麼？」小茜問。

「別忘了這裡所有的事情都是慢動作的。」

「可是這裡是速食店耶。速食店就是要講究速度的啊。」

我忍不住去櫃臺詢問了店員。店員的答覆是，稍等一下，因為餐點都是現做的，所以需要一點時間。

就這樣，這所謂一點時間，居然讓我們等了一個小時。

快變成餓死鬼的我們，只花了三分鐘，就把漢堡、薯條跟汽水全部吃光。

「真是氣死了。」阿霖忿忿的說。

「你應該慶幸，吃東西的速度沒有跟著變慢。否則從拿起漢堡，到咬下去，再吞進肚子裡，恐怕就要花上半小時。」我說。

「天啊！不敢想像。我一向是個追求立竿見影的人，真的沒這種耐性。」

阿霖說完話以後，我跟小茜瞪大了眼睛看著他。

「怎麼了？我說錯什麼嗎？」他不解的問。

「正是因為你沒說錯什麼，才令人驚訝。」小茜說。

「是立竿見影，沒用錯吧？就像是把竿子放在太陽底下，馬上就會出現影子啊。意思就是事情很快就能看到結果。」

「天啊，這世界真的不同了。你竟然還會解釋成語！」我打趣的說。

阿霖撥撥他的頭髮，一副很得意的模樣。

就在這時候，旁邊忽然傳來一個聲音。

「立竿見影？在這島上，沒有這種事情。」

旁邊什麼時候坐了一個頭髮花白的老婆婆？之前完全沒有注意到。老婆婆的樣子有點恐怖。她的頭髮很凌亂，蓋住了一半的臉，而臉上也髒兮兮的，好像很久沒洗臉似的。看起來像是個流浪漢，還好身上並沒有發出惡臭。

「什麼意思？」我問。

「跟我到外面。」老婆婆說。

我們有點遲疑的跟著老婆婆離開速食店，在漆黑的街道中，走到一盞路燈下。原來，老婆婆是要證明：在這座慢慢島上，立竿見影的原理是不成立的。在路燈下的我們，影子遲遲沒有出現。過了好一會兒，影子才像螞蟻爬行的速度一般，從我們的腳下往外伸展出去。

「為什麼在這座島上，所有的速度都會變慢呢？」我問老婆婆。

老婆婆沉默的轉向我。她的眼睛被頭髮蓋住了，我看不清楚她的眼神，只聽得到她冷笑了兩聲。那笑聲令我有些害怕，毛骨悚然起來。

「你們今天晚上有地方住嗎？」老婆婆話題一轉，忽然問我們。

「沒有。」我們異口同聲的回答。

在回答的這一刻，突然覺得一整天下來，真的好累了。

「不介意的話，到我家裡住一晚吧。我的小孩都長大去大城市裡工作了，現在家裡有幾個房間空著。」老婆婆說。

我們三個人聽到老婆婆的邀約以後，轉過身子，背對著她，開始竊竊的討論起來。這種邀約，不都是童話故事裡壞人所設的陷阱嗎？

「把別人的好意想得那麼邪惡，才是最可惡的壞人！」

老婆婆忽然這麼一喊，差點把我們三個人嚇死了。原來她都聽見了。

最後，我們答應了老婆婆的邀約。因為說實在的，我們也沒別的地方可去。而且，我們真的是累壞了。

「走路去嗎？」阿霖緊張的問。

「坐公車。」老婆婆回答。

還好。我們鬆了一口氣。

結果，等公車等了半小時。終於上了公車以後，這公車也是以烏龜的速度在行駛，開了一個半小時，都還沒抵達。

「好久喔，」阿霖小聲嘀咕著：「搭高鐵的話，可以從臺北到高雄了吧。」

結果，這悄悄話又被聽力超強的老婆婆聽到了。她生氣的大喊：「立竿見影，在這裡將會是一場悲劇！」

這句話聽來，總覺得是個恐怖的雙關語。

於是，我們不敢再多抱怨什麼，乖乖閉上嘴。

立竿見影

【成語的由來】漢・魏伯陽《參同契・如審遭逢章》

立竿見影，呼穀傳響。

【大牛愛解說】豎立竹竿於陽光下，可立刻見到它的倒影。比喻做事迅速收到成效。

【小茜連連看】其應若響、吹糠見米

【阿霖反過來】曠日持久

借花獻佛

有借有還，再借不難。但如果借來的花獻給佛了呢？

立竿見影，在這裡將會是一場悲劇。

直到踏進了老婆婆的家，我的心底仍盤旋著這一句耐人尋味的話。

這一晚，名模阿霖跟小茜因為過度疲憊，所以睡得很沉，只有我睡得不太安穩，大概始終覺得隨便踏進陌生人家裡過夜，實在太輕率了一點。

不知道什麼時候，我終於也昏睡了過去。當我醒來時，明明覺得已經睡得很飽了，可是看見窗外的天空卻仍一片漆黑。

身旁的阿霖跟小茜坐在床緣，原來他們早就已經起床了。

「現在還是半夜嗎？」我問他們。

「你忘了這裡什麼都是慢動作的嗎？所以太陽也爬得慢哪！」小茜說。

「那現在該怎麼辦？等天亮嗎？」阿霖問。

「除了這樣，似乎也沒有其他事情可以做。而且，我想老婆婆可能還沒起床，我們不能這樣不吭不響的離開。」我說。

「如果她起床了，應該會來看看我們吧？」小茜問。

我跟阿霖聳聳肩，表示不知道。

「對了，我們平白無故在老婆婆家住了一晚，是不是應該回饋點什麼，表示心意呢？可是身邊又沒帶什麼紀念品。」我說。

「啊！」小茜的眼睛閃了閃。

「怎麼了？」我問。

小茜拉開她的背包拉鍊，從裡面拿出一盒鳳梨酥。那是老爸的基隆朋友來家裡拜訪時送的。因為有好幾盒吃不完，我送了一盒給喜歡吃鳳梨酥的小茜。

「如果大牛你不介意，這盒鳳梨酥可以送給老婆婆。」小茜說。

「真的嗎？可是這是你很愛吃的東西……那回去以後，我再送你一盒。」

但，我們什麼時候會回到原來的世界呢？

小茜微笑著點點頭。她因為唇顎裂的關係，笑起來時，縫補過後的嘴唇會更加顯眼，所以總是不太喜歡笑。可是我覺得小茜笑起來很可愛。

「真是謝謝你。」我說。

「沒什麼，只是借花獻佛罷了。」小茜回答。

「借花獻佛是什麼意思？」阿霖問。

小茜解釋：「意思是借用別人的東西，來替自己作人情。就好像拜佛時，應該自己準備花束的，卻借用別人送的花去拜。」

「你們懂得真多。」阿霖搔搔頭。

「是你懂得太少了。」我故意糗他。

接下來，有好一段時間，我們三個人就坐在房間的地板上不知道要做什麼。雖然彼此都沒開口，但我知道我們現在的心底，應該浮現出了同樣的三個字，那就是——「好無聊」。

「唉，沒有電動可以打發時間。」阿霖終於說穿了大夥兒的心事。

「我們現在不就在電動裡嗎？」小茜說。

「有這麼無聊的遊戲嗎？」阿霖搖搖頭。

當我準備開口回應時，一件恐怖的事情發生了。

我開口說話，可是，腦子裡想講的東西，卻無法跟我的嘴巴配合在一起。也就是說，我的嘴巴其實已經在動了，可是聲音卻遲了好幾秒鐘才發出來。

「大牛，你怎麼了？」小茜注意到我的異狀。

「大牛，你的臉好脫線喔，嘴巴一直動卻沒有聲音，是配音沒配好喔！」

阿霖忍不住笑起來。然而，就在阿霖取笑我的剎那，他的笑聲也遲到了。他開始笑的時候，並沒有聲音，直到他閉上嘴巴時，笑聲才趕上來。

我們看見小茜動了嘴巴，但也沒有聲音。她皺起眉頭，閉上嘴的時候，剛剛說的話，才從空氣中散開來。

「我們之前擔心的事情發生了，說話也慢半拍了！」

因為無法控制說話聲音的速度，心急的我們又一直想討論該怎麼辦，這下子，我們想說的話，好像塞車了一樣，在整個房間裡堵成一團。

就在天終於亮了的時候，我們發現老婆婆站在房門口。

借花獻佛

【成語的由來】

《過去現在因果經‧卷一》

今我女弱不能得前，請寄二花以獻於佛。

【大牛愛解說】

借用別人的花供養佛。後比喻借用他人的東西來作人情。

【小茜連連看】

順水人情、慷他人之慨

【阿霖反過來】

誠心誠意

青面獠牙

想當模特兒，可以考慮走青面獠牙的造型路線，保證成為焦點。

當我們正想向老婆婆求救的時候，面對著我們的老婆婆撩起了她的頭髮。之前始終看不清楚她的臉，這一刻，終於看清楚了。

「還是……不要看清楚……比較好。」一向愛美的阿霖嘀咕起來。

老婆婆的皮膚充滿紋路和凸狀物，很像是什麼呢？啊，對，很像是鱷魚皮。

「名模，」我苦中作樂，對阿霖說：「你想當模特兒，也許可以考慮走這種青面獠牙的名模造型路線，保證成為焦點。」

看見阿霖一臉困惑的模樣，我想，他是不懂這個成語的意思。

「青面獠牙的意思，很容易想像啊！一個人的臉是綠的，又長了一對露在嘴巴外面、又彎又尖的大牙，你說，恐怖不恐怖？所以這句成語就是用來形容人

長得像凶神惡煞，令人畏懼。」

老婆婆突然發出一聲怒吼，我們幾乎嚇得跳了起來。

「大牛，你當著人家的面解釋得這麼清楚幹麼？」阿霖用手肘推了我一下，「總而言之，就是壞人就對啦！」

「請別用外貌來評斷一個人的心。」

對容貌敏感的小茜忽然這麼說。

我們趕緊閉起嘴來。不過，奇怪的是，當我們準備「閉起嘴來」時，才赫然發現，我們根本沒有開過口。也就是說，剛剛那一串對話，我們並沒有開口說，彼此就聽見了對方內心的聲音。難怪剛才我們的對話能夠順利進行，沒有在空中大塞車。

「太神奇了。你們聽得見我現在沒有開口說出來的話嗎？」

我說。其實嚴格而言，並不是「說」，而是「想」。

「聽得見。訊號很清楚。」阿霖打趣。

「所以老婆婆也聽得見我們內心的對話？」小茜問。

「你們一定覺得莫名其妙吧？」老婆婆沒有開口，仍傳來她的聲音，「其實沒什麼奇怪的。這不就是你們想要的嗎？覺得生活太無聊，現在，就給你們一點不無聊的，反而著急了嗎？哈哈哈！」

「我不想要這種慢吞吞的生活。」阿霖抱怨。

「快，有什麼好的？」老婆婆狂吼：「我絕對不會讓這座島嶼恢復原來的速度的！不但如此，我的目標是全世界都要慢下來！走進這國度的人，都該放棄『快速』的邪惡念頭。」

這時，老婆婆緩緩的大手一揮，一陣狂風慢慢的從天邊吹過來，居然把我們三個人捲起來，然後漂浮在半空中。

空中顯現出了許多阿拉伯數字。

「題目是什麼？」我已經很進入狀況了。

「鱷魚的平均壽命是幾年？」老婆婆出題，然後她把手指向阿霖：「你，你先回答！」

「啊？」阿霖臉色一片慘白。他怎麼會知道呢？真是。

「三十年！」他回答。天空中排出了「30」的字樣。

突然，阿霖從天空中降到比我們還低的位置。然後，阿霖下方的草地開了一個大洞。恐怖的是，洞穴裡面居然全是張著大嘴的鱷魚。

「好好體驗慢慢來的趣味吧！大概三個小時後，你就會降到洞穴裡。」

老婆婆說完，洞裡的一群鱷魚彷彿把嘴巴張得更大了。

「該你！小女生！」老婆婆指向小茜。

小茜無助的望向我。啊，我可以在心底偷偷告訴小茜正解啊。正當我這麼想的時候，老婆婆大聲吼叫：「不准作弊！」原來，心底傳話，也讓我們失去了說悄悄話的能力。

「嗯……」小茜的面前，緩緩的排出了「70」的字樣，結果，她整個人也往下掉了好幾尺。同樣的，在她的腳下也開了一個大洞，一群鱷魚好像剛吃完什麼似的，張開的大嘴上甚至還沾著血跡。

「剩下你了。」老婆婆看著我。

「大牛，你一定知道正確答案的。快點回答，逃脫以後才能想辦法救我們

哪！」阿霖看著我。

這時，我忽然瞥見老婆婆的眼神。總覺得她的眼神充滿玄機。

我看著老婆婆，慢慢在心底傳遞出我的答案。

「鱷魚的平均壽命，是……」

大家都聽得到我內心的聲音，等待我的正解。

「一年。」

阿霖跟小茜瞪大眼睛。

我的身體從天空降了下去。然後，腳下的草地也開了一個鱷魚洞穴。

「你胡說！你明明知道正確答案，為什麼說謊？」老婆婆發狂得整頭白髮都捲了起來。

是的，我說謊。鱷魚的平均壽命是一百五十年才對。

「大牛，你為什麼故意答錯？」小茜問。

「我要是『太快』答對，我現在不可能還能跟你們說話，已經在鱷魚的肚子裡了。這個人這麼痛恨『快速』，我如果這麼快把正確答案給說出來，並不會獲

得解脫，只會遭到懲罰。」

「早晚都要死！本來想讓你早點死，折磨比較少。既然你自己願意慢慢等死，那也符合我的初衷。」老婆婆冷笑。

「這下子該怎麼辦？」阿霖有點著急。

小茜從她的口袋裡掏出了一張撲克牌。

「別忘記我們還有這個。」

於是，小茜許下了她的第一個願望。

青面獠牙

【成語的由來】

明·張岱《水滸牌序》

吳道子畫地獄變相，青面獠牙，盡化作一團清氣。

【大牛愛解說】

形容長相不像人類，臉色青綠，長牙外露，如同猛獸一樣恐怖，令人畏懼。亦用來形容面貌非常凶惡可怕。

【小茜連連看】

青臉獠牙

【阿霖反過來】

明眸皓齒

沉魚落雁

魚也沉了，雁也掉落下來……感覺好像災難片？

我還沒來得及聽清楚小茜對著撲克牌許下什麼願望，霎時間，就感到一陣暈眩。

「啊，你們抬頭看那裡！」我指著前方。

在天空中，竟看見了我們三個人仍漂浮在那裡，下方仍是恐怖的鱷魚池草原。只不過，眼前的畫面像是褪色了，呈現半透明狀。然而，隨著時間一點一滴的流逝，畫面卻變得愈來愈清晰。

突然，我們又看見了另外一組半透明的「我們」。

咦？好熟悉的畫面。這不是前一晚，我們正準備走進老婆婆家的場景嗎？

「怎麼回事？」阿霖問。

「太神奇了。」小茜拿著方才許願的那張撲克牌，對我們說：「你們看！這張牌原本空白的表面，多出一個時鐘的圖像來。」

「小茜，你究竟許了什麼願望？」我問。

「時間修正液。」

「時間修正液？所以我們時光倒轉，回到過去了？」名模阿霖睜大了眼睛。

「其實我也不太確定耶。剛剛一陣慌亂，我許願的時候只是在想，希望可以像是用修正液修改寫錯的字那樣，修改過去做過的事情。然後，就變成這個樣子了。」小茜聳聳肩。

「我知道了，」我大膽推論：「小茜許的願望是『修正』時間，所以，我們並沒有回到過去，我們只是有機會可以修正想要修改的部分。」

「就像是拿修正液改錯字，並不是回到還沒寫錯的時間之前，而只是可以修正錯字而已。」小茜點點頭。

阿霖搔搔頭，說：「還真複雜。」

「這修正的時間，應該是有限制的。也許，現實的半透明畫面，恢復成原來

的樣子時，就無法修改了。」我推測的說道。

真實的我們，變成了玩電玩遊戲的操作者。看著螢幕上出現兩組自己，等待玩遊戲的人開始操作。

「快！我們現在不能跟老婆婆走進她家！」

機靈的小茜拉住我們兩個人，拐進另外一條街道，躲開老婆婆。

修正了過去，沒有踏進鱷魚老婆婆家，因此接下來的一切也都跟著改變了。

兩組半透明的畫面頓時消失。

我們終於順利逃脫了鱷魚池草原。而在踏進老婆婆家之後所發生的一切事情，也都像是被修正液塗成一片空白那樣，什麼也沒發生過。

我們說話不再慢半拍了，可是，動作仍是遲緩的。

就這樣，三個人朝著鱷魚老婆婆家的反方向，緩緩的走過好幾條街道。

可是，不久之後，我們又看見幾個老婆婆迎面走來。

「又是老婆婆？」阿霖緊張起來。

「不過她們看起來正常多了。」我說。

原本老人家就行動緩慢了，而在這個慢慢島上，慢得更嚴重。

她們拄著拐杖，很吃力的行走著，令人看了很心酸。

「我現在知道了，在這個島上，大家的動作會變成這樣，一定都是那個想置我們於死地的鱷魚老婆婆搞的鬼。」我說。

當我們靠近她們時，其中一個老婆婆忽然停下腳步，看著小茜，微笑起來說：

「這小女孩，真是美得沉魚落雁哪！」

「是啊，年輕就是好。我們以前也曾那麼美麗過哪！」另外一個老婆婆說。

「唉，要是晚生一點就好了。因為現在的人不太容易老呢。」

原來，在慢慢島上，連老化也遲緩了。

「婆婆，請問沉魚落雁是什麼？」小茜發出疑問。

老婆婆微笑著說：「沉魚落雁啊，就是形容一個女孩子很美麗的意思。魚看見她，就沉到水裡去了；雁看見她，也從天上落了下來……」

「感覺起來好像災難片喔。」阿霖發表感想，卻沒人搭理他。

「我一點也不美啊……」

總是對自己容貌沒有自信的小茜，抿了抿嘴脣。

幾個老婆婆拖著蹣跚的腳步，慢慢離開我們。其中一個人因為腳有點跛，動作又被迫變得如此緩慢，一不小心，差點摔倒。

「讓老人家變成這樣，真是太不道德了。」小茜不忍的說。

「嗯。我們在這種慢動作之下，都覺得痛苦了，何況是老人家呢？對她們來說，簡直是一種折磨……」

我的話還沒說完，就看見小茜拿出那張許過願的撲克牌，不假思索的對著撲克牌默唸。

沉魚落雁

【成語的由來】

《莊子．齊物論》

毛嬙、麗姬，人之所美也；魚見之深入，鳥見之高飛，麋鹿見之決驟，四者孰知天下之正色哉？

【大牛愛解說】

原指魚跟鳥無法辨認美醜，即使看到美女也仍然一如往常的潛水跟高飛。原意指人間沒有絕對的美醜標準，但後來轉變成形容女子的美貌，令魚跟鳥都為之傾倒。

【小茜連連看】

閉月羞花、花容月貌、如花似玉、國色天香、傾國傾城

【阿霖反過來】

其貌不揚、無鹽之貌

器宇軒昂

欺負別人的人，沒有資格用上這句成語。

小茜修正了慢慢島上，被迫開始慢半拍的那個剎那。

慢慢島不再慢了。

不一會兒，我們看見那群已經走遠的老婆婆們，步伐不再那麼遲緩而沉重。

同時我們也發現，自己行走的腳步也輕盈了起來。

「恢復正常的速度了！」我驚喜的叫出聲音來。

「小茜你成功了！」阿霖拍起手來。

方才被稱讚是沉魚落雁的小茜，這一刻的笑容顯得特別燦爛。很顯然，小茜認為自己為那些老婆婆、為我們，也為這整座島嶼，做出了貢獻。

我抬頭看見天空中飛過的鳥、隨風漂動的白雲，都以一種熟悉的速度移動

著，忽然覺得很感動。

然而，這感動並沒有持續太久。

晚上，我們看電視新聞時，看到了一整個下午就發生了三件以上的事故，幾乎全是超車導致的車禍意外。

緊接著，又報導了一則搶劫事件，所幸嫌犯在三個小時後就落網。

新聞主播說：「這是島上的速度變慢以來，第一起犯罪事件。嫌犯供稱，他搶劫的目的，是因為這樣是最快能得到錢的方式。」

第二天早上，我們經過一個廣場時，巧遇了昨天在街上碰到、並且稱讚小茜的那幾個老婆婆。她們正在一輛車子前，和三個年輕人像是起了爭執。那幾個年輕人不斷對著老人家大聲喝斥著。

「年輕人講話，不該這麼沒大沒小。況且明明是你們酒後駕車，犯了錯，怎麼還可以對別人這麼沒禮貌呢？」其中一個老婆婆搖搖頭說道。

「沒大沒小？哈！這可不是沒大沒小唷，我這叫做什麼，你們知道嗎？」

其中一個染了金髮的男生，兩隻手拍了拍身旁的另外兩個男生，態度傲慢、大搖大擺的走向老婆婆們，自以為威風的說：

「我這叫做器宇軒昂哪！」

說完以後，顯然是喝醉酒的他，甚至還用力推了一下老婆婆，害老婆婆差點摔倒。還好老婆婆的朋友們趕緊扶住她。

「器宇軒昂根本不是這個意思！他們太過分了！」

目睹一切過程的我們，覺得很不可思議。其中，以小茜最為忿忿不平。

小茜忽然衝上前，站在那三個酒醉駕車的男生面前。

「喂！什麼叫做器宇軒昂，你們懂嗎？」

「你、你是誰啊？咦，老婆婆的孫女嗎？」一個男生說完之後，另外兩個男生湊上前搭話：「不是不是，是老婆婆整型了，變成毛頭小女生了！」

他們一陣狂笑。我們趕緊跑到小茜身旁，怕那幾個男生會對小茜動粗。

「器宇軒昂的意思，是形容一個人神采飛揚，很有大將之風，又有氣度的樣子。你們幾個人這樣欺負老人家，根本沒有資格用上這句成語。」

「誰叫這幾個老太婆動作慢吞吞的！我們可是在綠燈時通行的喔。是她們不

趕緊過馬路，還在斑馬線上，差點害我撞死她們。」

「老人家走路本來就不快，來不及在號誌燈變換以前過完馬路，我們不是應該體諒她們嗎？」我也開口助陣了。

「誰管那麼多！我們可是很趕時間的！拜託，我們已經憋得夠久了。現在這島上的速度恢復正常，我們終於可以不必跟這些老人家一樣慢吞吞的了！你竟然還要我們慢慢等她們？莫名其妙！」

就在這年輕人講完這句話以後，我們三個人頓時沉默了。

「唉，還是以前的時代好。」其中一個老婆婆嘆氣道。

「是啊，每個人都一樣慢，很公平。」

「謝謝你們為我們說話啊。算了！算了！別跟這幾個喝醉酒的不良少年計較了。是我們這些老人家，得適應這處處要求速度的新環境了。」

幾個老婆婆彼此攙扶，揮揮手離開了現場。那幾個年輕人則是毫無悔意，上了車以後就揚長而去。

小茜垂下肩膀，很喪氣的樣子。

「我終於明白了。」她說。

「嗯？明白什麼？」我問。

「明白那個鱷魚老婆婆說過的話……」

立竿見影在這裡不是件好事。

我們都不再說話了，只聽見急速的風，混雜著街道裡嘈雜的聲音，整座島嶼彷彿多了一股躁動不安的情緒。

器宇軒昂

【成語的由來】

「器宇」：晉・王隱《晉書》

瑩子兼，字令長，清素有器宇，資望故如上國，不似吳人。歷位二宮丞相長史。元帝踐阼，累遷丹楊尹、尚書，又為太子少傅。自綜至兼，三世傅東宮。

「軒昂」：《三國志・卷四十六・吳書・孫破虜討逆傳・孫堅》

堅時在坐，前耳語謂溫曰：「卓不怖罪而鴟張大語，宜以召不時至，陳軍法斬之。」溫曰：「卓素著威名於隴蜀之間，今日殺之，西行無依。」堅曰：「明公親率王兵，威震天下，何賴於卓？觀卓所言，不假明公，輕上無禮，一罪也。章、遂跋扈經年，當以時進討，而卓雲未可，沮軍疑眾，二罪也。卓受任無功，應召稽留，而軒昂自高，三罪也。

【大牛愛解說】

「器宇」，指人的胸襟、氣度；「軒昂」，形容意態不凡。「器宇軒昂」形容神采飛揚，氣度不凡。亦可寫成「氣宇軒昂」。

【小茜連連看】

氣宇不凡、神采飛揚、英姿煥發、玉樹臨風

【阿霖反過來】

委靡不振

萬人空巷

萬人空巷並不是指街上空無一人唷！

一整天，我們不斷目睹著慢慢島恢復速度以後發生的事情。人心浮躁，大家都失去了耐性，浮現出一股不耐煩的表情。街上行人也好，車輛也好，互不相讓。爭吵增加了，衝突一觸即發，那些沒辦法跟上速度的人，都遭到排擠。

於是，我們忽然有了一個共同的感想，那就是：我們自以為幫忙了別人，卻可能造成某些人的困擾。也許這個地方有更多人，潛意識裡是希望慢慢來的呢！

結果，我們只是一廂情願的照著自己的方法去做事情，卻沒有考量到當事人的感受。

讓慢慢島恢復正常速度的小茜，一整天都悶悶不樂。

我跟阿霖不知道該怎麼安慰她。因為，我們確實也在想，或許，這裡就是適合慢慢來的。

終於，我們回到了當初上岸的那座碼頭。

「船妹妹還在那裡！」我指著前方。

「船妹妹？」阿霖一臉困惑。

「你忘記啦？載著我們來到慢慢島的那艘船啊！」我說。

我們很興奮的跳上船，立刻跟船妹妹問好，希望她可以載我們離開那裡。

可是，船卻一點動靜也沒有。

「搞什麼！」阿霖忽然有點不耐煩：「這下子糟糕了。如果船不會自己開動，船上也沒有船槳，哪兒也去不了。」說完之後，他用力踩了一下船板。

「可以有禮貌一點嗎？」

一個尖細的男聲，忽然從船身傳來。

「不是船妹妹？真不好意思。」小茜趕緊道歉。

「我是弟弟，不是妹妹。難道只是因為船型狹長，就覺得我是女生嗎？秀氣一點就不可以是男生嗎？我不想載你們離開這裡了。哼！」他賭氣的說。

老實說，船弟弟講話的感覺，若不仔細分辨，真會誤認為是女生呢。

「對不起，船弟弟，」我儘量安撫他：「可以、可以，當然可以是男生唷！你看我的朋友阿霖，比女生還愛漂亮，但是他也是男生。」

我用手肘推了一下阿霖，示意要他接話，討好船弟弟。

「喔喔喔，對啊對啊，我沒有惡意。我還想要跟你請教，男生食量大，很容易胖，該怎麼維持好身材呢？」還好阿霖很進入狀況。

船身忽然搖動了一下，然後緩緩的離開碼頭。

「這可不是那麼簡單的呢！」船弟弟受到了誇獎，似乎很開心。

在船漸漸遠離碼頭時，小茜忽然從口袋中拿出那張許願過的撲克牌。就是這張牌，變出了時間修正液，讓慢慢島恢復正常速度。

「想讓慢慢島回到緩慢的速度嗎？」我問她。

「嗯。我想，就算是要改變，也應該是住在這座島嶼上的人來決定。我們只

是路過的人罷了，沒有資格幫他們做決定。」她說。

接著，她按著撲克牌，閉起眼睛默唸。

不久，我們看見沙灘上，有一隻鱷魚從水裡爬上岸。

我忽然想到，那也許就是我們遇見的鱷魚老婆婆。

時間修正到這座島嶼準備開始緩慢下來的那個剎那了。

「請問哥哥姊姊們，你們要去哪裡呢？」船弟弟問。

「是啊，該去哪裡呢？」這可難倒我了。

阿霖忽然掏出背包裡的撲克牌，說：「既然不知道，就來許個願吧！嗯……

我想……我想去一個有很多偶像明星的地方！」

「喂！等一等！這是什麼爛願望啊？」我趕緊阻止他。

「對啊，阿霖，撲克牌應該是讓我們解決困境的，你這樣就用掉一個願望，

太浪費了！」小茜也感到意外。

然而，一切都來不及了。

船弟弟轉瞬間像是變成了一艘火箭似的，奮力往前衝。速度實在太快，我

們三個人原本是坐著的，現在必須整個人趴在船板上，緊緊拉著把手，才不至於被甩出船外。一陣天旋地轉，頭頂上一會兒是白天，一會兒是黑夜；一下子豔陽高照，一下子又傾盆大雨。

不知道過了多久，當一切都平靜下來時，我們發現自己正站在一個三岔路口。怪的是，街上空無一人。

「好冷清啊！真是萬人空巷！」小茜說。

「萬人空巷並不是指街上空無一人唷！」我說。

「真的嗎？」

正當我準備解釋時，忽然，有個女孩子開口接話。

「沒錯，萬人空巷指的是所有人都從巷子裡走到大街上，歡迎或慶祝什麼事情，所以大街上人山人海，應該是很熱鬧的意思。」

是誰接了我的話？

我們好奇的回頭看，看見從巷子裡冒出一個穿著公主裝的西方女生。

外國人也懂成語？我仔細觀察著她，覺得她好面熟。

「請問您是哪位？」我好奇的問。

「各位好，我是……白雪公主。」

「啊？不、不會吧？」我們三個人異口同聲的說。

「可是，」小茜悄悄的跟我們說：「她不是真的白雪公主。白雪公主的頭髮其實是黑色的，可是，她是金色的。還有，白雪公主的裙子是黃色，上衣是藍色，但她的裙子是黑色，上衣是綠色的。」

「白雪公主原來是北一女畢業的啊？」阿霖打趣的說。

我們忍不住笑出聲來。

「快點跟我走吧！你們不要在背後說別人閒話了。美女是不喜歡別人在她背後指指點點的。」白雪公主說。

她說的美女，當然就是她自己。

阿霖轉過頭，壓低聲音向我抱怨：「我不是許願要去一個有很多偶像明星的地方嗎？怎麼會來到這裡。」

「你沒說清楚吧！白雪公主確實曾經是很多小女孩的偶像。」我說。

「那是上一代的事啦。」

我們跟著這位自稱白雪公主的女生往前走，一邊走，一邊不斷聽到她喃喃自語。

「你們許願的時候，有沒有指定要本尊出現呢？我這個分身也是很忙的好嗎？真是。現在的小孩，真會把過錯推到別人身上。氣死了！喔，不能氣，會出現皺紋的。放輕鬆、放輕鬆！」

要走到哪裡去呢？這位「簡直是白雪公主」的女孩顯然正在氣頭上，我們不敢問。但是，可以確定的是，我們即將進入電玩世界裡新的一關了。

萬人空巷

【成語的由來】宋・蘇軾〈八月十七日復登望海樓自和前篇是日榜出余與試官兩人復留〉詩五首之四

賴有明朝看潮在，萬人空巷鬥新妝。

【大牛愛解説】家家戶戶的人都從自家的巷弄裡走出來，聚集到了某個地方。形容歡迎某人或舉行慶典時擁擠、熱鬧的盛況。

【小茜連連看】人山人海、水泄不通、萬頭攢動

【阿霖反過來】三三兩兩、寥寥無幾、隻影全無

第二章

團結

門可羅雀

家裡再也無人造訪，大門乾脆封起來，架起網子來捕雀吧。

很多東西差了一點，就算是再像，也只是個冒牌貨。

原本我跟著阿霖，稱呼那個自稱是白雪公主的女孩「冒牌貨」，不過小茜有些意見。小茜覺得冒牌貨聽起來很傷人，而且這種說法，再度陷入了以貌取人的思維裡。所以我們想了很久，決定私下給那個女孩一個新的名字。

簡直是白雪公主。

簡直是，但很遺憾，她真的不是。

「簡直是白雪公主」領著我們往前走，沿途經過的地方，依然一個人影也沒有。

「為什麼街上都沒有人呢？甚至連正在營業的商店，也完全沒有人，生意很

糟糕。」阿霖忍不住問。

「因為今天是我們的大掃除日。」「簡直是白雪公主」回答。

「咦？要過年了嗎？」我問。

「等到過年才大掃除，那就來不及了。」她語帶玄機的說：「很多東西都是在你不知不覺的時候增長的。」

「原來如此，因為大家都在家裡忙，所以街上跟商店裡才……」阿霖話說到一半，忽然停了下來。

「怎麼了？」我狐疑的問。

「萬人空巷指的是人多熱鬧的意思，那麼相反意思的成語，該怎麼說呢？萬人滿巷嗎？因為所有人都趕著回家，不想待在外面，所以車站裡都擠著滿滿的返鄉人潮？」阿霖說。

我跟小茜聽了，吃驚的沉默下來。真不知道對阿霖的自作聰明該說些什麼。

「虧你想得出來！」「簡直是白雪公主」忍不住笑出來，說：「你很有創意，不過，給你個建議，以後什麼工作都可以做，但就是不要去當國文老師比較好。」

大家笑成一團。我跟阿霖解釋道：「應該用『門可羅雀』這個成語。以前在漢朝有個翟公，在朝廷當官時，天天有訪客，賓客多到彷彿都塞不進大門。可是，丟官以後，卻忽然受到冷落了，大門前，空到竟然可以架起網子來捕雀。後來，這句話就用來形容訪客稀少的窘態。」

「這樣啊……我還以為那樣舉一反三，照樣造句就行了。」阿霖說。

我們經過一個轉彎以後，不久，眼前出現一道通行閘口。這閘口非常特別，周圍種滿了各種美豔的鮮花，而且很多不同季節才會開的花，竟然在這裡一起綻放。

小茜走到花前，想要聞一聞花香，結果卻滿臉困惑。

「這花應該很香的，怎麼完全沒有味道？」

「忘了換電池吧。」「簡直是白雪公主」走到花圃前，蹲下來，用手撥了撥草叢，接著又從她身上的包包裡拿出兩個電池，塞進草叢裡。不到三秒鐘，濃郁的花香便撲鼻而來。

「要裝電池？」小茜很驚訝。

「當然啊，這些不是真花啊！看不出來吧！」

「假花？」

我們三個人確實嚇了一跳，走上前刻意摸了摸那些花，然而，摸起來的觸感跟真花一樣呀。「簡直是白雪公主」要我用力撕撕看花瓣，我照做了，結果，那些花瓣就像是塑膠花一樣，怎麼撕也撕不破。

「簡直是真花。」阿霖讚嘆。

「簡直是白雪公主」露出很滿意的笑容。

「很不好意思，因為我還有些事情，所以，走進這個閘口以後，我會派我的手下來接應你們。」她說。

我們點頭向她道謝與道別。她揮了揮手，突然出現一輛美麗的馬車，她上了馬車以後就揚長而去。

「雖然不是真的白雪公主，但漂亮的馬車還是有的。」我說。

「不，那只能說『簡直是馬車』而已。你們注意看，那匹馬的腳雖然會動，但其實馬腳下面有半透明的輪胎在跑。那是汽車。」

「啊！真的耶！」我跟阿霖驚呼。
我們三個人過了鬧口，接應的人出現了。
那個「人」出現的剎那，我們又受到震撼了。
不只是因為他不是人，是隻動物。
而是因為，他「簡直是」卡通人物哆啦A夢。

門可羅雀

【成語的由來】漢．司馬遷《史記．卷一二〇．汲鄭列傳》
始翟公為廷尉，賓客闐門；及廢，門外可設雀羅。

【大牛愛解說】門前冷清，空曠得可張網捕雀。形容做官的人失勢後受人冷落、賓客稀少的景況。後亦泛指一般訪客稀少、門庭冷清的窘態。

【小茜連連看】門前雀羅、門可羅爵、門可張羅

【阿霖反過來】門庭若市、賓客如雲、賓客盈門、往來如織

眾志成城

我們的心，絕對不是一盤散沙！

真沒想到「簡直是白雪公主」離開以後，卻出現了這個「簡直是哆啦A夢」的卡通人物。

「接下來就由我哆啦A夢帶領各位。請大家跟著我往前走吧！」他說。

「為什麼是哆啦A夢啊？」阿霖問。

原本背對著我們的「簡直是哆啦A夢」忽然轉過身來，吃驚的看著我們。

「我是多少孩子的偶像，你不知道嗎？」

阿霖聽了以後，低下頭，偷偷的對我們說：

「他少了『曾經』兩個字。」

「噓！小聲點，他會聽到的。」小茜用手肘推了一下阿霖。

「不必了！我已經聽見啦！」「簡直是哆啦A夢」忿忿的丟出這句話來。

他聽起來很不高興，我們三個人立刻閉嘴，不敢再說任何話。

本來以為他會繼續發脾氣的，想不到過了幾秒鐘，他忽然長長的嘆了口氣，接著，甚至眼眶泛紅了，彷彿只差一點點，淚水就會奪眶而出。

「人家也是努力了啊！為什麼要這樣瞧不起人呢？難道我的努力都沒有人看見嗎？為什麼不能肯定我呢？」他哽咽的說。

他顫抖的聲音，令人覺得像是座快要潰堤的水壩，若是不小心觸動了，就會有一場大水災要來。

不知所措的我們，只好乖乖的跟著他往前走。

「但，總不能一直這樣漫無目的的走下去吧？」阿霖問我。

「我也知道啊。可是，他現在這個樣子，你敢問他嗎？」我回答。

「我看還是先不要比較好。他看起來好像很脆弱，萬一他情緒崩潰了，會有什麼事情發生，誰也不能預料。」小西說。

我們點頭同意。

沒多久，「簡直是哆啦A夢」忽然開口。

「要去的地方，是要麻煩你們幫忙大掃除的。」

「大掃除？我想起來了，白雪公主也曾經跟我們提過，今天是他們的大掃除日。還說等到過年才大掃除，就會來不及。」我說。

「你還真把她當作白雪公主？她只是『簡直是白雪公主』罷了。哎呀，真是的，唸起來好拗口。」阿霖抱怨。

「是你自己發明的。」我說。

「唉，不過，我看是很難了……你們這些小毛頭。」「簡直是哆啦A夢」打量了我們一番，然後搖搖頭，再次哀愁的嘆起氣來。

「你別光看我們的外表就這麼說，」我像是被誤解了什麼似的，一直想要辯解：「我們三個人雖然看起來像一盤散沙，可是，我們的心，可永遠都是眾志成城的！」

「眾志成城？」「簡直是哆啦A夢」一臉狐疑。

「眾志成城的意思，指的是大家很團結。同心協力的力量，像是堅不可破的

城堡那樣強大。」我解釋。

「眾志成城？光在嘴巴上說說，是靠不住的。」

「簡直是哆啦A夢」話中有話似的，又搖搖頭。

「不過就是大掃除嘛！需要多麼團結嗎？」阿霖又碎碎唸。

我們繼續往前走。

走在「簡直是哆啦A夢」的後面，我們不斷觀察他，在他的身上發現愈來愈多的破綻。

比如，哆啦A夢肚子上的萬能口袋應該是半圓形的，但眼前這個「簡直是哆啦A夢」的人物，萬能口袋卻是三角形。還有，哆啦A夢的雙手是兩粒球，沒有手指的，可是他卻有大拇指。更重要的是，哆啦A夢是貓，然而，走在我們前面的這位仁兄，他的尾巴根本不是貓尾巴。他露出了狐狸尾巴——真的是一條狐狸的尾巴。

一路上，阿霖因為這些發現而樂不可支。

除此之外，阿霖的眼力彷彿變得特別好似的，不停的發現沿路上許多山寨

版的東西。例如，外型非常帥氣的黃金獵犬，被阿霖拆穿其實是臘腸狗假扮的；氣質出眾、皮膚細嫩的美女，被阿霖抓到她只是披上了一層外衣。

我提醒阿霖別再說了，因為，「簡直是哆啦A夢」一路上都不說話，我懷疑他全聽見了。不都說狐狸很狡猾的嗎？我真擔心他會採取報復行動。

同時，我心中也不停的想，明明是隻狐狸的他，為什麼要扮成哆啦A夢呢？而明明不是白雪公主，又為何模仿別人，隱藏自己的面貌呢？

這地方，所有的人事物都那麼的美，卻也那麼的假。

「好了，各位，終於到達現場了。」「簡直是哆啦A夢」指著前方。

一抬頭，看見大門外架著一塊牌子。

牌子上面寫著：為維護環境整潔，請定期清除偶像。

眾志成城

【成語的由來】

《國語．周語下》

眾心成城，眾口鑠金。

【大牛愛解說】

眾人同心，力量堅固如城。比喻團結一致，同心協力。

【小茜連連看】

眾心如城、萬眾一心、眾擎易舉

【阿霖反過來】

一盤散沙、烏合之眾

掩耳盜鈴

你身上的鈴鐺，我可沒有偷唷！

難道這地方，只要大家想變成偶像，就辦得到嗎？是不是因為這樣，才會演變成偶像過剩，像是掉落在地上的落葉，必須定期清除，否則就會愈積愈多？

「那就麻煩你們負責這個場地的掃除活動吧！」「簡直是哆啦A夢」說。

「這場地裡的人，都是等待被清除的？」我邊張望著裡頭，邊問他。

「更精確的說，是等待被清除的『偶像』。」他回答。

「他們為什麼要被清除？」我追問。

「你真傻！這麼簡單的道理都不懂嗎？如果所有的人都可以變成大明星，也就沒有所謂大明星的存在了。大紅大紫的明星，都是被不紅的小牌給襯托出來的。在我們這個國度，每個人都搶著想成為大家的偶像，可是，這當然是行不

通的。因此就必須定期清除不合標準的偶像，讓他們恢復成普通人。」

「清除的標準是什麼？」我困惑的問。

「簡直是哆啦A夢」忽然沉默了下來，不再多說。

「那麼，該怎麼清除呢？」阿霖問。

「很簡單。」

「簡直是哆啦A夢」從他的萬能口袋（雖然是仿造的，但確實也能使用）裡掏出三根擀麵棍給我們。

「用這個清除偶像？怎麼用？」阿霖不解的問。

「哎，先別問那麼多，一起進去，讓我示範一次吧！」「簡直是哆啦A夢」說。

我們跟著他走進大門以後，驚訝的發現：在一片大廣場上，放了一整排籠子，大約有十多個，每個籠子裡都關著一個「等待被清除的偶像」。

但是，令人意外的是，籠子裡的那些人，完全看不出任何模仿的破綻。換句話說，籠子裡被關著的哆啦A夢、白雪公主、孫悟空、米老鼠、凱蒂貓，甚至是流行樂偶像歌手……簡直都比籠子外的這些偶像，更像是偶像。喔，不，

應該說，他們不是「簡直是」，而是「真的是」偶像。

「來，讓我示範一次如何清除偶像吧！」

「簡直是哆啦A夢」走到「真的是哆啦A夢」的籠子面前，將兩手緊握的擀麵棍，在對方眼前的空氣中，用力的上下滾動。忽然，籠子裡的哆啦A夢的雙腳，就扁平成一張紙片的厚度。接著他再使力滾動幾回，連身體跟頭都扁平了。

籠子裡的哆啦A夢（他其實也不是真的哆啦A夢，只是模仿得唯妙唯肖的哆啦A夢）這下子，變成了紙片哆啦A夢了。

「不要以為把我們給清除了，你們就能成為真的偶像！」紙片哆啦A夢說。

「沒錯。但是，只要你們存在，我們就注定一輩子當平凡人。世界上本來就該定期清除像你們這種過度完美的人才行。否則，我們這種從小被取笑笨、長得醜、又沒有人緣的傢伙，永遠不得翻身。」

「你們這麼做，只是自欺欺人，掩耳盜鈴罷了！你們不過也跟我們一樣是冒牌貨！」

「掩耳盜鈴？你身上的鈴鐺，我可沒有偷唷！」

「不是啦，」我忍不住幫忙解釋：「掩耳盜鈴的意思是，有人想要偷走一口大鐘，卻因為太重搬不動，於是決定當場擊碎它。但是他不知道怎麼解決敲擊時發出的聲響，於是就摀住耳朵，以為自己聽不見了，別人也聽不到。這句成語後來就用來比喻：偷偷摸摸的做某件事情時，以為按照自己的方法，就不會有人發現。事實上，這個人的所作所為，在別人眼中明明是很愚蠢的。」

我很有成就感的解說完畢以後，發現「簡直是哆啦A夢」氣到臉都歪了。

可不是開玩笑的，他是真的生氣，氣得妝都垮了。

瞬間，他的臉龜裂開來，哆啦A夢外貌的臉孔像是地震斷裂的地皮，開了兩半，露出他的真面目來。他張著長長的狐狸嘴巴，忿忿的大喊：

「愚蠢？你們敢說我愚蠢！」

真沒想到最後激怒他的人，竟然是我。

他忽然把擀麵棍往天上一揮，擀麵棍落下來的瞬間，突然變成一個大鐵籠，快速朝著我的頭頂墜落。

完蛋了，這下完了！我閉上眼睛，聽見砰的一聲，地面微微搖晃了一下。

我睜開眼，竟然看見被套進籠子裡的人是——

阿霖。

掩耳盜鈴

【成語的由來】《呂氏春秋．不苟論．自知》

百姓有得鐘者，欲負而走，則鐘大不可負。以椎毀之，鐘況然有聲。恐人聞之而奪己也，遽掩其耳。

【大牛愛解說】「掩耳盜鈴」的「鈴」，典源作「鍾」。「鍾」同「鐘」。盜鐘時，怕鐘所發出的聲音會引他人前來搶奪，因而急忙掩住自己的耳朵。後用以比喻妄想瞞騙他人，結果卻只是欺騙自己而已。

【小茜連連看】掩耳盜鐘、自欺欺人、掩目捕雀、掩鼻偷香

【阿霖反過來】計出萬全

赴湯蹈火

附什麼湯啦！這時候你還想著吃的？太不夠意思了！

為什麼是阿霖被關進籠子，而不是我呢？

在籠子裡的阿霖顯然受到了很大的驚嚇，整個人呆若木雞，完全不知所措，沉默並且無助的趴在鐵欄杆上望著我們。

「為什麼要把阿霖關起來？」我轉向露出真面目的狐狸精說道。

這隻狐狸精已經完全豁出去了。原本套在他身上的哆啦A夢皮囊，現在像是脫了皮一樣，鬆鬆垮垮的，在他的腳踝堆擠成一團。

狐狸精突然用力的往地上跺了一腳，我感覺到天地頓時搖動了一下。

「他自以為是偶像，不是嗎？我受夠了他！一路上不斷在我背後說我壞話，不斷嘲笑我們這個國度的一切。我不作聲，不代表我不生氣。然而，我不生氣，

就會不斷被他這樣的人欺負。所以，我真的受夠了！」

果然他都聽見了，我的預感沒有錯。

「他不是有意的，請放了他吧！」小茜替阿霖求情。

「這樣啊……我其實也只是想給個警告罷了，不會真的要對他怎麼樣的。這樣吧，你們兩個就代替他，一起完成你們本來就該完成的掃除活動。工作做完後，我就會放他出來的。」狐狸精揚了揚嘴角，不懷好意的說。

老實講，狐狸精的話，怎麼能相信呢？可是，我們別無選擇。

當我跟小茜拿起擀麵棍的剎那，籠子裡那些被關起來的其他「偶像」紛紛叫喊起來：「不要清除我們！不要聽他的話！」

真的好為難啊。這時，籠子裡的阿霖又露出一副楚楚可憐的表情。

小茜站在原地不動，我只好硬著頭皮走到籠子面前，高高舉起擀麵棍，告訴自己什麼也別多想。最後，就在其中一個偶像鐵籠的面前，滾起擀麵棍來。

結果，不知道為什麼，我並沒有辦法像狐狸精一樣，將對方擀成紙片。

「哎呀，你這個笨蛋！專心一點！不要懷著愧疚感，這樣會分心，就不會成

功的！」狐狸精氣憤的說：「真是的，我可是沒什麼耐性等你了！我看，還是我自己來吧！」他飛快的衝向鐵籠前，用簡直可追上閃電似的速度，不到三秒就把籠子裡的那些偶像全擀成了紙片。

「啊！不好了！」小茜指著鐵籠大叫。

「喔喔，真是不好意思，速度太快，失手啦！」狐狸精奸詐的笑起來。

阿霖也一起被擀成紙片了。

「大牛，快點想想辦法啊！」

變成紙片的阿霖，整「張」人趴在地上，像是一片人形看板。不過，雖然是靜止的圖像，他仍然可以說話。

不只能說話，還能哭出聲音來。

是的，哭。我聽見，表情凝結成靜止照片的阿霖，他哭了。

看見這突如其來的變化，我也慌了手腳。自從我認識阿霖以來，他都是個很有自信的傢伙，從來不覺得「哭」這個字眼會跟他發生關係。

「一定、一定的！你不要哭！我赴湯蹈火，都一定會想辦法救你！」

「附什麼湯啦！這時候你還想著吃的？太不夠意思了！」

「不是啦！赴湯蹈火的意思是，不管過程和結果有多麼危險，為了完成目標，都會努力堅持下去。」

「那你就快點火，快附湯啊！」

顯然阿霖還是沒搞懂這句成語的意思。

「要湯是吧？要火是吧？好啊，那就給你們來一點吧！」

狐狸精在一旁煽風點火，只見他用力甩起他的狐狸尾巴，轉瞬間，在一陣大風之中先是下了一陣大雨，緊接著雨停了，地上溼成一片，又從天空掉下幾粒火球來。火球落到遠方的地面，傳來嘩啦的一聲，冒起熊熊的烈火。

「地上都是水，怎麼還能起火？」小茜狐疑的問。

我彎下腰，用手指沾了沾地面上的水，嗅聞一番。

「這不是水，是油。」

「好好體驗一下啊！這火可是我精心研發的，只會燃燒紙片，不會燒死活人。所以，你們兩個活人，記得待會兒好好把紙灰掃除乾淨哪！這將是一場最

『熱情』的大掃除。哈哈哈！再見了，各位。」

狐狸精旋身一躍，消失在空中。

火苗像是長了腳一樣，迅速的往我們和鐵籠的方向飛奔而來。

赴湯蹈火

【成語的由來】《漢書．晁錯傳》

故能使其眾，蒙矢石，赴湯火。

晉．稽康〈與山巨源絕交書〉

長而見羈，則狂顧頓纓，赴湯蹈火。

【大牛愛解說】甘願奔投至烈火沸水當中。比喻為了達成目標，不懼怕任何艱難和危險，奮不顧身向前行。

【小茜連連看】奮不顧身、出生入死、粉身碎骨、肝腦塗地

【阿霖反過來】畏縮不前、貪生怕死

烏合之眾

我們絕對不是烏合之眾！這是第一次，我感覺到自己充滿闖關的幹勁。

每一個火苗都像是在賽跑似的，不過幾秒鐘的時間，就撲向我和小茜面前。

我們完全來不及逃跑，只感覺到空氣的溫度剎那間向上狂飆，接著，就在小茜尖叫起來的瞬間，火舌吞噬了我們。

然而，就像狐狸精所說的那樣，火焰穿過我們的身體，但我們完全沒事。

「啊！好痛！」這會兒，換我叫了起來。

「你被燒到了嗎？可是我沒感覺！」

「不是，是你把我抱太緊了，好痛！」

這時候小茜才發現，自己在驚慌之中緊緊的抱住了我。

小茜害羞的漲紅了臉，趕緊從我身上跳開。

「啊，快點！火要燒向鐵籠了！」我說。

「怎麼辦？」

「用救命的撲克牌吧！」

我從背包掏出了撲克牌，許了個願，突然間看見那幾乎要燒向鐵籠的火焰，神奇的從鐵籠邊散開來，衝向天空，散成一朵朵絢爛的煙花。

不久，鐵籠打了開來，包括阿霖在內，所有的紙片人都解脫了。

「解脫個鬼啦！」阿霖聽到我說「大家都解脫了」時，忍不住抱怨起來：「你許願，只是讓我們沒著火罷了，不會順便讓我恢復人形嗎？這樣有什麼差別呢？」

我確實在混亂之中忘了許這樣的願。

「阿霖，大牛為了你，用掉了他那張撲克牌的許願機會呢。」小茜說。

「啊，你提醒了我，每個人手上的撲克牌，都只有兩次許願機會。我已經用光了。不對，記得嗎？應該還有一次。只不過，第三次的許願機會，同時也會

讓許願人失去一樣東西。我記得是這麼說的。」我說。

「對。如果不算第三次，那麼我跟阿霖都還各有一次機會。」小茜說。

「小茜，那你快用你的撲克牌救我吧！我整個人，包括背包都被壓成紙片了，也沒辦法拿到我的撲克牌。」阿霖說。

小茜點頭說好。可是，她怎麼找，就是找不到她的撲克牌。

「我想起來了！上次我把撲克牌暫放到你那裡，你還沒還我呢。」

「糟糕了！那你的牌也在我的背包裡，拿不出來了。」

我聽見阿霖又哭了起來。

「總而言之，趕緊先離開這裡吧！」我說。

「那我怎麼走啊？紙片人是沒法子走路的。」阿霖難過的說。

我跟小茜四目交會，彼此點了點頭。

我把變成紙片人的阿霖捲了起來，插進我的後背包裡。小茜則把其他的偶像紙片人捲在一起，放進她的背包中。

「我們這群烏合之眾，勢單力薄的，真有辦法解除這個困境嗎？」

捲在小茜背包裡的其中一個偶像，憂傷的說道。

「要真的是烏合之眾，那還算好呢！可是，我們哪能稱得上是『眾』呢？能稱為人的根本只有這兩個小毛頭哪！」

「烏合之眾是什麼意思？」另外一個紙片人問。

「烏合之眾就是比喻毫無組織跟紀律的一群人，成不了氣候的意思。」

「那就是我們啦。哎呀，該不會一輩子都是人形看板吧？」

「你別自抬身價了！人形看板至少紙質比較好，是厚紙板做的。我們只是一張薄薄的紙罷了，放在地上立不起來，只能被捲在背包裡，比春捲還不如。」

「春捲！我最愛春捲了！現在我們這樣怎麼吃東西哪？乾脆剛剛一把火把我們給燒掉算了。」

捲在小茜背包裡的紙片人七嘴八舌的，很是吵雜。倒是阿霖此刻變得很沉默。我想，是因為聽到他們的抱怨而變得更憂鬱吧。

「阿霖，你不要擔心，我們絕對不是烏合之眾。我跟小茜無論如何都會想辦法救你的。」

我安慰起可憐的阿霖來。

「嗯。謝謝，麻煩你們了……」

阿霖簡直變了一個人似的。看見他這樣，我心裡比他還難過。

我們離開那裡往前走。這是第一次，我感覺到自己充滿闖關的幹勁。因為我知道，唯有迎向挑戰，才能成功解救阿霖。

烏合之眾

【成語的由來】《後漢書．耿弇傳》

歸發突騎以轔烏合之眾，如摧枯折腐耳。

【大牛愛解說】像烏鴉般聚在一起的一群人。比喻暫時湊合，無組織、無紀律，毫無計劃、臨時組合的一群人。

【小茜連連看】瓦合之卒、一盤散沙

【阿霖反過來】眾志成城

以卵擊石

拿著一敲就會破掉的雞蛋，去丟硬得不得了的石頭。

一直想在未來成為名模偶像的阿霖，怎麼也料不到，有一天，他會被所謂的一群偶像給惡整吧。

「這下子我再也不用節食了。」阿霖說。

「是啊，你現在真的是紙片人了，還有可能更瘦嗎？」

我轉過頭，看了看捲在我背包裡的阿霖。

我們憑著直覺走，雖然完全不認識路，但仍希望遠離這個所謂的偶像國度。

過了不久，正當小茜說她肚子餓時，就幸運的看見了一間麵包店。

「在這奇怪的國度裡，忽然出現一間麵包店，感覺就是陷阱。」我說。

「可是沒有其他選擇了。我肚子真的很餓呢。」小茜說。

「好吧。不管怎麼樣，去看一看吧。」

這是一間很普通的麵包店，店員看起來也很正常。我們買完麵包（後來回想起來才納悶，我們的錢在這裡完全能夠流通），離開了店家，繼續往前走了一會兒，看見眼前有座小公園。

小茜想進去坐下來吃吃東西，休息一下再上路。草地有些潮溼，找不到乾淨點的地方。「我找個什麼東西，墊在草地上吧？我想坐一下。」小茜問我。

我環顧四周，實在沒什麼東西可以墊在草地上。最後，只好把背包裡的阿霖給抽了出來。

「不好意思啊，阿霖，借用一下。」

我把變成紙片人的阿霖攤開來，然後請小茜一起坐在上面。

「就知道你們一定對我很不滿。」阿霖抗議。我跟小茜忍不住笑了起來。

我還不餓，所以小茜一個人吃了麵包。吃完之後，因為實在太疲憊，兩個人不知不覺就睡著了。當我醒來時，小茜還在睡，阿霖也不作聲，彷彿也睡著了。原來紙片人不需要吃東西，但還是需要睡眠的嗎？真想不透。

終於，小茜醒來了。然而，當她張開眼睛看見我的剎那，整張臉慘白了起來，兩個眼睛瞪得大大的，什麼話也說不出來。

「怎麼回事啊，小茜？」

「奶奶？」

「奶奶？」

「奶奶，您為什麼會出現在這裡？」

「什麼奶奶？我是大牛啊！」

「您是奶奶啊。大牛去哪裡了？」

小茜從背包裡拿出鏡子來給我，結果，鏡子裡反射出來的我，真的不是我。大牛去哪裡了？鏡子裡出現的是一個老太太。我沒見過小茜的奶奶，但我想，我現在真的就是小茜的奶奶了。這時候我才發現，我連聲音也變了。

「小茜，相信我，我不是你的奶奶，我還是大牛。你千萬不要被騙了。一定是因為你剛剛吃了那個麵包的關係。你看，我沒有吃，所以我沒事。」

我指著放在阿霖上面的另外一塊麵包。

說也神奇，就在我指向麵包的瞬間，那塊麵包忽然間動了起來。就像是一塊黏土似的，自動揉啊揉啊，漸漸膨脹起來。不一會兒，麵包不知道膨脹了幾百倍大，竟然在我們的面前站起來變成一個人形。

「以為沒吃就沒事嗎？你太天真了！」那巨人說話了。

咦？好熟悉的聲音，那不是阿霖的聲音嗎？

巨人緩緩轉過身子來，他真的是阿霖！是放大了幾百倍的阿霖。

「啊？怎麼會有另外一個我，變得那麼巨大？」被我墊在草地上的阿霖醒來，看見眼前的巨人，感到不可思議。但是，當他注意到我時，更是大吃一驚。

「大牛，你變性又整容了？」

「你們少囉唆！」巨人一把抓起我跟小茜，把我們高高舉到半空中。

「怎麼辦啊？快想想辦法！」小茜緊張起來。

「我們現在可說是以卵擊石哪！就像是拿著一敲就會破掉的雞蛋，去丟硬得不得了的石頭一樣，一點機會也沒有。我們倆在這個巨人的面前，變得那麼渺小，而真正的阿霖又只能躺在草地上動也不動的，不管怎麼樣，都一定會失敗

的吧……」我說。

「奶奶，您的身體承受得了嗎？現在該怎麼辦？」小茜關心的問我。

我沮喪的看著小茜，想說的話，卡在喉頭沒說出口。我……我真的不是你的奶奶啦。

以卵擊石

【成語的由來】《荀子・議兵》

經桀作堯，譬之若以卵投石，以指繞沸。

【大牛愛解說】拿雞蛋去碰石頭。喻自不量力或以弱攻強，結果必然失敗。

【小茜連連看】蚍蜉撼樹、螳臂擋車

【阿霖反過來】以碫投卵、泰山壓卵

望梅止渴

可惜我的想像力很差，想不出一株梅子樹。

雖然是以卵擊石，但無論如何還是得拚了命一試呀！

我忽然注意到這個從麵包變成阿霖的巨人，其實露出了沒藏好的狐狸尾巴。原來，根本還是那隻狐狸精。

以為他會立刻解決掉我們，沒想到，他就跟之前那個鱷魚老婆婆一樣，想用消耗體力的方式來折磨我們。

他把我們舉在半空中，動也不動。烈日之下，不到十分鐘，我們就已經滿身大汗，口也渴得不得了。

「能給我們一點水喝嗎？」小茜問。她一向怕口渴的。

「水？你們就望梅止渴吧！」

巨人話才說完，另外一隻手一揮，我們的腳下就長出一株梅子樹來。

「這下子還真是望梅止渴了。」我說。

「這是什麼意思？」小茜問。

「從前曹操在率領軍隊出征時，士兵因為口渴，找不到水喝，影響了士氣，曹操只好騙他們說：不遠處就有一片梅林，梅子又酸又甜的，很快就能解渴了。結果，士兵們一想到又酸又甜的梅子，就流出口水來，感覺不那麼渴了。意思就是：我們只能用空想，來滿足自己得不到的東西。」我解釋。

「可惜我的想像力很差的。」小茜的肩膀垮了下來。

人們都說狐狸狡猾。被巨人握在手裡的我，認為若是硬用蠻力對抗他，是絕對不會成功的。所以，我決定展開心理戰術。

「帥氣的阿霖，你說吧，你到底需要什麼？」我笑著問巨人。

「喂，老奶奶，我才是阿霖哪！」躺在地上的紙片阿霖不平的說道。

忽然，巨人的臉上閃過一抹得意的笑容。看來，他真以為我相信他就是阿霖了。偶像不都是需要被肯定的嗎？受到肯定了，誰都容易自滿。

轉瞬間，巨人開始縮小，原本被舉在高空中的我們也被放到了地上。最後，不到幾分鐘的時間，巨人恢復了正常人的身高；更精確的說，變成了阿霖的身高。這下子，除了那條狐狸尾巴之外，他真的跟阿霖一模一樣了。

「要什麼，都願意給？」狐狸問，臉上掛著暗藏玄機的笑容。

我點點頭，補充說：「但是你必須讓所有的人恢復正常。不管是我，還是紙片人。」

我避免說出「阿霖」這兩個字，目的是讓他認為，我覺得他才是阿霖的本尊。

「很好。你若是能實現我的願望，那麼我就保證讓你的願望也實現，而且讓你們安全離開這裡，到下一關去。」

「你想要什麼？」

「我要你殺了我。」

「啊？」我對狐狸的要求很驚訝。「殺了你？這是為了什麼？」

「我就站在這裡，不會逃走，」狐狸丟出一把閃亮的利刃到地上，說：「你過來殺死我吧。」

我完全沒料到是這個結果。這願望真是太詭異了，我不禁在想：狡猾的狐狸，真正的用意到底是什麼呢？

在他的催促之下，我緩緩撿起地上的刀子，向他走去。當我把刀子舉到他面前時，他真的佇立在原地，不為所動。

雖然我知道他不是真的阿霖，但要我殺死一隻活生生的狐狸，我也辦不到啊！還有，當我這麼近距離的站在他面前時，我發現，他實在長得太像阿霖了，因此我沒辦法做出任何傷害他的事情。

「我知道你下不了手的，因為我是你的偶像，不是嗎？你不可能對你崇拜的人下手的。」

「老奶奶，你不要聽他亂說，我怎麼可能是你的偶像？你快殺了這個冒牌阿霖吧！」紙片阿霖吶喊著。

狐狸確實說中了我內心的感覺。我一向以為阿霖什麼都比我好，長得帥、人緣好、有自信，對未來也充滿遠景。除了學校成績差以外（反正人不可能一輩子在學校裡的，因此無所謂），他確實算是我的偶像吧。

正當我猶疑不定時，那狐狸阿霖身手敏捷的抓住了我。我手上的刀倏地掉在地上。這時候，我看見刀刃上映照出的我，竟恢復成原來的我了。反倒是狐狸突然間變成了小茜奶奶的樣子。

「大牛？」小茜跟地上的紙片阿霖異口同聲的喊著。

他們到現在才搞清楚怎麼回事。

「撿起來，小茜。」變成老奶奶的狐狸對小茜說。

小茜惶恐的把刀子撿起來，一臉茫然。

「不然，就由你來殺死我吧。」

「我怎麼能殺死你呢，奶奶？」

兩手握著刀子的小茜，不停發抖。

變成老奶奶的狐狸奸笑著說：「我知道你也是不可能殺死我的。奶奶不也是你的偶像嗎？我親愛的小茜。但是，為了你的同伴著想，快來殺死奶奶吧！」

小茜的刀子落到地上，她望著狐狸，抽搐著哭起來。

糟糕了！小茜真的被狐狸說服，認為眼前的人確實是她的奶奶。

就在狐狸得意的狂笑起來時，小茜突然衝向狐狸，把我給嚇了一跳。小茜整個人抱住了狐狸。「奶奶，我好想你！但是……」小茜話說到一半，嘴巴竟往狐狸的手臂上，用力咬下去。

「但是你不是我的奶奶，你只是隻狐狸！喔，不，應該說，你只是個狐狸精寄居的麵包罷了！」

小茜嘴裡吐出一塊咬下的東西，當然不是什麼奶奶的肉，只是塊麵包。一陣煙從狐狸身上冒了出來，最後，煙散去了，只剩下地上一塊缺了一角的麵包。

我和小茜終於鬆了一口氣，一轉身，發現身後多了一群人。原來那些紙片人都恢復原形了，當然，也包括阿霖在內。

阿霖對我笑了笑，說：「到今天才知道，原來你的偶像……」

「閉嘴。」

我的臉瞬間紅了。

望梅止渴

【成語的由來】南朝宋．劉義慶《世說新語．假譎》

魏武行役失汲道，軍皆渴，乃令曰：「前有大梅林，饒子，甘酸可以解渴。」士卒聞之，口皆出水，乘此得及前源。

【大牛愛解說】曹操編造前方梅林結了很多果實，誘使士兵流出口水以解渴的故事。後用以比喻得不到東西，只好以空想來安慰自己。

【小茜連連看】畫餅充飢

【阿霖反過來】腳踏實地

第四章

失去

鷸蚌相爭

一網打盡，得來全不費工夫。

情緒是會感染的。這幾天，每個人都輪流陷入一種情緒低落的接力賽。起初是小茜悶悶不樂，後來變成阿霖，最後是我。硬要問是什麼原因，卻又說不出來，我想大概是我們都感到疲憊了。

「說是一場特殊任務，可是，到底任務的目的是什麼，到現在都不知道。只是不斷有麻煩事出現。」我說。

「我有點想回家了。」阿霖說。

「回家以後，我們還會嫌生活無聊嗎？」

小茜的話，突然點醒了我們。

是啊，當初是因為我們嫌生活太無聊，所以才闖入了這奇怪的時空中。這

些日子以來發生的事情，若是在以前的現實生活中看來，肯定是覺得很刺激有趣的。可是為什麼真正身處其中時，反而不覺得是享受了呢？

離開偶像國之後，我們朝著眼前唯一的道路向前行，當天就進入了一個新的城鎮裡。一踏進這座城鎮以後，我發現情緒低落的接力棒又落到了小茜的手上，只不過，這一次，她不算是情緒低落，而是有點自暴自棄。

「阿霖想回家，我卻幫不上忙，真是太糟糕了。」

「是不是因為我是女生，你們覺得像是拖油瓶，所以才開始厭惡這場冒險呢？我對不起大家。」

不管我們怎麼跟她說，不是她的關係，她仍堅持是她的錯。

「會不會是因為我的臉，所以給大家招來了厄運呢？」

當小茜照著鏡子說出這句話時，我們終於明白，小茜的自暴自棄是來自她的唇顎裂。原來，她始終還是那麼在意，那麼的沒有自信！

「如果想回家，能不能使用撲克牌呢？」阿霖忽然想到。

「可以試試看哪！」我說。

「用我的這張吧。」小茜把撲克牌拿出來。

「不不不！既然是我提議的，就用我這張吧！」阿霖也把他的牌拿出來。

「不包括話第三次的話，我還有一次許願機會。讓我來！」小茜堅持。

「我也還有一次機會啊，還是讓我來吧！」阿霖說。

「我為大家帶來那麼多麻煩，說什麼都該是我才對。」

「小茜，你真的沒有錯！我是男生，我應該多做一點事的。」

結果，兩個人各自拿出自己的牌，互不相讓。

就在我想請他們別再爭吵時，突然間，天上閃出一隻烏鴉來。

這烏鴉身形巨大，卻非常輕盈敏捷的往他們的方向衝下來。烏鴉的嘴看起來相當尖銳，要是戳到頭的話，可不是開玩笑的。

「小心！快跑開！」我大喊。

可是，他們兩個人根本沒注意到我。突然，那烏鴉就在幾番振翅之後，倏地撞向他們，兩人發現時已經來不及了，雙雙被烏鴉擊倒在地。

「天啊！有沒有受傷啊？」我擔心的衝到他們身旁。

「沒事、沒事。」他們說。

所幸，烏鴉並沒有刺傷他們。

「啊！我的牌！」

抬頭一看，天上的烏鴉叼走了小茜的撲克牌。

「這下子可真是鷸蚌相爭了。」

「什麼意思？」

我苦笑起來，解釋著：「鷸蚌相爭，漁人得利。海岸的鷸跟蚌互相爭奪，恰好被漁夫看到，於是一網打盡，得來全不費工夫。就像是你們兩個互不相讓，吵起來，最後誰也沒得到好處，反而讓其他人撿到便宜。」

這下子，小茜更自責了。

鷸蚌相爭

【成語的由來】《戰國策．燕策二》

鷸曰：「今日不雨，明日不雨，即有死蚌。」蚌亦謂鷸曰：「今日不出，明日不出，即有死鷸。」。

【大牛愛解說】比喻雙方爭執不相讓，必會造成兩敗俱傷，反讓第三人獲得利益。

【小茜連連看】鷸蚌相危、漁人得利、蚌鷸爭衡

【阿霖反過來】相安無事、和平共處

忠言逆耳

實話往往聽起來刺耳，不容易被接受。

因為小茜和阿霖的鷸蚌相爭，反倒讓天外飛來的烏鴉得利。小茜平白無故失去了她的撲克牌，不只第二次許願的機會浪費掉了，這下子，就連救急時備用的第三次許願機會也沒有了。

這個意外事件，讓最近突然變得很自暴自棄的小茜，情況更加嚴重。

「小茜，沒關係啦，你不要這麼自責。就用我的牌來許願，希望我們能回到原來的世界吧。」阿霖安慰小茜說。

「可是，阿霖，你真的覺得會成功嗎？要這麼冒險嗎？」我懷疑。

「不試試看怎麼知道呢？」

「這副許願牌可能只是針對任務而存在的。我的意思是，冒險任務裡遇到的

事件或許可以用它來化解，但並不能用它回到原來的世界。就好比我們應該也不可能對著撲克牌說：『請立刻讓我們達成最終任務』吧？」

「我相信是可以的！」阿霖拍拍胸脯。

「我擔心萬一不成功，反而白白浪費了一個許願機會。因為現在只剩下你還有一次機會，接下來若要再許願，就會動用到你的或是我的第三個願望了。」

「不會。這許願撲克牌那麼神奇，我直覺認為許什麼願都會實現。只要把願望說清楚一點，就不會發生之前的烏龍狀況。」

「阿霖，雖然忠言逆耳，可是我還是想要告訴你，你有時候太相信自己了。」

「忠言逆耳是什麼意思？」

「就是實話都是比較直接，沒經過修飾的。所以對方聽起來，往往會覺得很刺耳，不容易被接受。」

「我真的是這種人嗎？不會吧？你搞錯了！我怎麼會因為別人對我說了實話就生氣呢？不可能！」

「你現在不就生氣了嗎？」

阿霖尷尬的漲紅了臉。

「真是對不起，一切都是我的錯。」

小茜說。她看了看我們，喪氣的垂下頭來道歉。

我們繼續往前走。可能是愈來愈接近鬧區的關係，路人也愈來愈多。

當我正在思索「這又會是一個什麼樣的地方呢？」的時候，突然覺得每個路人的表情都怪怪的。到底是怎麼個怪法？我一時也說不上來。

思考了非常久以後，我終於得出了結論，那就是：每個人的表情，都跟小茜的表情很相似。不是以前那個我所熟悉的小茜，而是最近突然變得很自暴自棄的小茜。他們的表情幾乎是同一個模子打造出來的——每個人看起來都好沒自信！

我們走進一間外觀看起來還不錯的民宿，打算今晚住在這裡。

民宿老闆一見到我們來，並且聽到我們希望在這裡住宿的時候，臉上露出相當惶恐的模樣。

「真的要住在這裡嗎？」老闆用一種勸戒的口吻說：「我覺得您們一定能夠

找到更好的地方的！」

「嗯？您的意思是……」我有點困惑的問：「不太歡迎小孩子住宿嗎？我們不會吵鬧的！」

「不不不！您們看起來比同年齡的孩子成熟懂事。絕對不是客人您們的問題，問題在我們。我們民宿真的非常不好，真的很糟糕！像您們這樣看起來前途無量的孩子，絕對是國家未來的棟梁。只是我真的沒有自信能夠好好接待您們。我很擔心我們這種品質太差的民宿，會帶給各位不愉快的回憶。若是影響到各位日後的心靈成長的話，將會是社會、民族與國家的損失。」

民宿老闆說完以後，我們呆呆的看著他。

「有……這麼嚴重嗎？」阿霖在我耳邊說悄悄話。

這時，非常令人意外的，一旁的小茜竟突然哭了出來。

「不！老闆！請不要對自己那麼沒有信心。您看看我的長相就知道了，這世界上最沒有自信的人，應該是我才對。」

我還來不及去思索為何小茜變得那麼激動時，旁邊出現了幾個準備退房的

旅客。他們將房門鑰匙放到櫃臺上，對民宿老闆說：

「老闆，對不起，我們還是決定不住了。」

「是不是我們的房間出了什麼問題？」老闆問。

「不！您的房間很好。正是因為太好了，我們覺得沒有資格住進那麼美好的房間。我們實在不配住在這裡。」

天啊，這是什麼世界呢？偶像國裡每個人搶著當偶像，而這裡的人卻個個毫無自信，簡直自暴自棄到了極點。

但小茜不是這個國度的人，為何卻也變得跟他們一樣？

我的目光落在民宿老闆身後的一扇窗。

窗子的玻璃擦得十分明亮，窗外的景致因此也顯得特別清晰。我看著窗外湛藍的天空，抽絲似的卷雲，以及高掛在天空中的……太陽？

我揉了揉眼睛，閉起來，再睜開。沒有錯，我沒有看錯，那是一枚正方形的太陽。

忠言逆耳

【成語的由來】
《韓非子．外儲說左上》

夫良藥苦於口，而智者勸而飲之，知其入而已己疾也；忠言拂於耳，而明主聽之，知其可以致功也。

【大牛愛解說】
實話或勸戒因為不經過詞藻的包裝和修飾，聽起來總是刺耳，不容易被接受。

【小茜連連看】
逆耳之言、良藥苦口

【阿霖反過來】
花言巧語

肝膽相照

是什麼樣的照相技術，能把肝和膽都照出來？

一枚正方形的太陽，讓我發現了這是一個沒有圓形的世界。

不知道為什麼，在這裡，所有的圓形全變成了正方形。

遠自天上的太陽和月亮，近到日常生活中見到的各種物品，只要印象中應該是以圓形呈現的物件，全都變成了正方形。

投宿在終於願意讓我們過夜的這間民宿裡，我們三個人對這個現象深深感到不可思議，於是開始研究，究竟房間裡有多少東西從圓形的狀態中變了樣。

比如房間裡的花、電線、螺絲、寶特瓶和瓶蓋、杯子、燈泡、時鐘等等，果然沒有一樣東西是圓形的。

「連擺在書桌上的地球儀，也變成了方形。」阿霖說。

「就像是日本研發出來的方形西瓜一樣。」我說。

「你們看！還有牆上掛著的達文西（Leonardo da Vinci）名畫〈蒙娜莉莎的微笑〉（Mona Lisa），原本圓潤的臉龐，竟然也變成了正方形的臉。」

「真不敢相信！這是個沒有圓形的世界，連圓臉都消失了。」

第二天，我們準備退房時，忍不住詢問了民宿老闆，為什麼這裡所有的圓形都消失了。詭異的是，當民宿老闆一聽到這個問題時，整張臉立刻沉下來。

沉默了一會兒，他才終於以非常哀戚而抱歉的口吻說：

「真的非常抱歉，讓你們在這裡住宿，卻想起這樣不愉快的事情。」

「不愉快的事情？您是說沒有圓形這件事嗎？」

「喔！」老闆緊張的連忙擺手搖頭說道：「我請求您別再多說關於圓形的事情了。老實說，要是圓形真的還存在的話……」

老闆說到一半，突然停住了。我們屏息等待了好一會兒，他才終於繼續說下去。

「唉，要是圓形真的還存在的話，我們真的沒有自信能夠照顧好它們，並且

保證它們存在得很有意義。所以，也許消失了，對圓形來說是一件好事吧。」

沒有自信能照顧好圓形？這說法真令人傻眼。

「像你們這樣肝膽相照是很了不起的，是最好的。要繼續保持下去啊！」老闆說。

「肝膽相照？是什麼樣的照相技術？連肝和膽都能照出來喔？」阿霖問。

「不是的。肝膽相照是比喻非常講求義氣的好朋友，對待彼此很誠心誠意，就像是人體裡的肝臟和膽囊兩者緊緊相靠的意思。」民宿老闆解釋。

我忽然問老闆：「老闆，您的意思是，肝膽相照跟圓形的消失，有什麼樣的關聯嗎？」

老闆的表情突然又嚴肅起來，彷彿有什麼難言之隱。

「其實，我一點用都沒有，根本沒辦法與你們肝膽相照的。」老闆尚未開口，站在一旁的小茜卻打破沉默。

「你怎麼這麼說？」阿霖問。

「我也沒有自信存在於這個世界。也許我消失了，反而對大家都有益處。」

「小茜，別說這種奇怪的話。」我緊張的說。然後試著轉移話題：「走吧！走吧！我們趕緊出發，看看前面還有些什麼東西吧！」

當我和阿霖踏出民宿，小茜也準備走出來時，民宿老闆突然擋住小茜的路，將大門關了起來。

「怎麼回事？為什麼把小茜關起來！開門哪！」我和阿霖用力敲門。

只聽見民宿老闆從門後傳來一陣奸笑。

「這麼沒有自信的人，正是我夢寐以求的對象，我們是天生一對。」

「天生一對？你別胡說八道了！我們還是小孩子耶！」

「從小就那麼沒有自信，將來一定更沒有自信。這就是我要的。」

「小茜才不會喜歡你這種人！」阿霖生氣的說。

「我們肯定是天作之合。這麼沒有自信的女孩，最適合跟沒有自信的我一起生活！這恐怕是我這輩子唯一有自信的事情了。哈哈哈！」

我和阿霖奮力的想踹開大門，可是完全沒有辦法。最後，阿霖只好從背包裡拿出他的撲克牌，許下了他第二個願望。

肝膽相照

【成語的由來】

《史記．淮陰侯列傳》

臣願披腹心，輸肝膽，效愚計，恐足下不能用也。

宋．趙令畤《侯鯖錄》

同心相親，照心照膽壽千春。

【大牛愛解說】

以肝膽互相照見。比喻誠心誠意對待彼此，十分講求義氣，是謂真心好友。

【小茜連連看】

披肝瀝膽、推心置腹、坦誠相待、推誠相與

【阿霖反過來】

鉤心鬥角、各懷鬼胎、爾虞我詐、虛情假意

攀龍附鳳

見到牠們，跟著牠們，就會有好事發生。

一時煙霧四起，不久，原本牢不可破的大門，忽然變成一張薄紙似的，輕輕一戳，就整個破掉。

我和阿霖立刻鑽進門裡，然而，踏進來的這個空間卻和幾分鐘前的完全不同了。明明剛才還是民宿的樓房，如今，卻變成巨型迷宮（當然不可能是圓形的迷宮）。正方形的太陽，在迷宮的上頭發散著熾熱的光。

「我真的不相信你們能走出這個迷宮，救回你們的好朋友，喔，不，是救回我未來的妻子。小茜，跟著我，我會讓你每天吃香喝辣，過上流社會的生活。」

從迷宮的遠方，傳來民宿老闆幽幽的聲音。其實他根本也不是民宿老闆吧。不知道這次又是什麼東西化身的怪物。

「真令人作嘔。小茜絕對不是那種攀龍附鳳的女生。」我說。

「攀龍附鳳是什麼意思？」阿霖問。

「龍和鳳，在古代都是極為富貴和幸運的象徵，彷彿見到牠們，跟著牠們，就會有好事發生。因此，後人就用來形容刻意依附和討好有權勢或有財富的人，目的是希望自己的地位也能跟著高升。」

「對，小西不是這種人。況且那個民宿老闆太噁心了，根本配不上小茜。」阿霖忿忿的說。

那麼誰配得上小茜呢？聽到這句話的我，卻忽然胡思亂想起來。我想問阿霖，你覺得我們兩個人當中，誰和小茜比較相配？是你，還是我？

我不知道我為什麼會有這些想法。可是，這念頭確實浮現了。

「你剛剛許了什麼願？」我真正問出口的，卻變成這句話。

「穿牆的能力。」阿霖回答。

「喔？所以，現在這個迷宮我們也可以自由穿梭囉？」

「理論上是這樣的。」

我和阿霖踏進迷宮之中，發現有了穿牆術之後，真的就能任意穿梭了。因此，我們完全不會受到牆壁的限制，前後左右都能自由移動。

「像我們現在這樣，迷宮根本不存在了啊！」阿霖得意的說。

「不過我卻更加迷惘了。因為原本按照迷宮穿梭，還可以選擇想走哪條路，可是現在可以自由穿越，反而像是被丟進一片大海裡，完全失去了方向感。」我說。

不只如此，這迷宮中的地板還不斷閃出奇異的光芒，讓人看得好刺眼。一開始我以為只是純粹的光線，後來低頭細看，才發現那刺眼的光芒之中，閃動著模糊的畫面。

那畫面裡出現的不是別人，正是我自己。

阿霖看見的是他，我看見的是我，人像雖然不同，主題卻是一樣的。

我們不斷的在地板上看見過去的自己，看見自己在日常生活裡犯的錯。甚至一些不太願意想起的往事，也被放映了出來，讓我覺得好害臊。

「大牛，看見自己那麼幼稚，我覺得我沒有信心繼續去闖關了。」阿霖沮喪

的說。

「不要被這地板的光影給影響了！如果我們因此失去了自信，就中計了，也無法拯救小茜。本來每個人都會犯錯嘛。何況我們還是小孩子，還不太懂事呀！重點是我們犯了錯，要學習下次別再犯同樣的錯，不就好了？」

阿霖呆呆的看著我好久，才終於吐出一句話來：「你好老成喔！一點都不像是小孩。」

真是氣死了。鼓勵他，反而被他嘲笑。

好不容易，我們終於走出了迷宮，踏進一個陰涼的地窖。

「終於走出迷宮了。」阿霖說。

「你確定嗎？」我懷疑。

這地窖是用一塊塊小磚砌成的建築。我們走近那些磚塊一看，發現每個磚塊上都刻有名字。

「大牛，你看！是小茜的名字！」

接著，我們在刻著小茜名字的磚塊旁，又發現兩塊刻著模糊字樣的磚塊。

很努力的辨識以後，發現那正是我和阿霖的名字。

「為什麼我們的名字那麼模糊？」阿霖問。

「不知道。我不知道這些磚塊究竟是什麼？」我搖頭。

就在這時候，地窖裡傳出鬼魅般的笑聲。回音很強，令人全身起雞皮疙瘩。

「你們兩個只要再努力一點，磚塊上的名字就會愈來愈清楚了。到時候就能跟小茜一起作伴啦！」

「這些東西是什麼？」我大聲對空氣喊叫著。

「自信。每一塊磚塊都封著一個人的自信。」

「自信？我懂了。這國度裡所有人的自信，都被你扣留在這個地窖裡了，所以每個人都活得那麼垂頭喪氣的樣子，好像自己永遠做不成什麼事情，好像自己永遠對不起別人。」

「扣留？嘖嘖嘖。年紀輕輕，不要學著大人講出那麼刻薄的話來。我可不認為我是扣留他們的自信。我這叫做保管。這些人哪，本來就是沒什麼自信的。既然如此，乾脆澈底一點，變成完全沒有自信反而更好。」

「我們應該幫助沒有自信的人，建立他的自信才對啊。」

「你真是太囉唆了。沒自信的人，比起你來，好控制多了！」

「原來你就是想要控制大家！」

我的話才剛說完，整個地窖的磚塊就像魔術方塊一般，開始移動起來。

攀龍附鳳

【成語的由來】漢・揚雄《法言・淵騫》

攀龍鱗，附鳳翼。

【大牛愛解說】攀附著龍或鳳，比喻倚仗有聲望的人。後用以比喻巴結權貴，以求晉升。

【小茜連連看】附驥攀鴻、攀龍附驥、夤緣攀附、趨炎附勢、攀高接貴

【阿霖反過來】樂道安貧

門戶之見

老師沒教你們，要包容不同的意見跟想法嗎？

地窖像是魔術方塊一般的扭轉起來，我和阿霖完全無法站立，兩個人東倒西歪的，簡直變成萬花筒裡的碎片，被上下左右的丟來甩去。

「怎麼辦？再這樣轉下去，我快吐了。」阿霖說。

我頭昏腦脹的回答他：「不必等到吐，我就會先昏倒。」

「要不要試試看剛剛許的穿牆術願望，現在是不是還有效呢？」

「你要做什麼都可以！不要問我，我沒辦法思考了。」我真的快昏厥過去了。

阿霖拿出撲克牌來，努力默唸著心願，試圖逃脫這地窖的磚牆。可是，我們已經無法像剛才在迷宮裡那樣，可以自由來去了。

「我知道你們想做什麼！怎麼可能有這麼好的事情？」地窖裡又傳來鬼魅的

笑聲，「你們這些小毛頭的陽春技倆，最好別在我面前獻醜。」

「你沒有權利扣留這些人！」

「我說過我只是保管他們的自信，不是扣留。至於他們的身體，還是自由的。你們在街上不也看到了嗎？大家都變得那麼謙虛有禮，這樣不是很好嗎？」

「總之……快把小茜……還來！」

連我說出來的話，都被甩得斷斷續續的。

突然間，地窖不再旋轉了。我跟阿霖站在地窖的中央，看著不遠處有一道光從天井打了下來。光源中佇立著一個人，正是小茜。

小茜低著頭，還是一副垂頭喪氣的模樣。

我和阿霖朝她站的地方跑去，在快靠近她的時候，地面突然轟隆隆的移動，裂出一條寬大深長，根本跳不過去的溝渠。

「小茜！」我們大聲叫著。

終於，小茜抬起頭了。我們看見小茜的臉龐時，著實嚇了一跳。因為她的唇顎裂竟然消失了，就連手術後的痕跡也不見了。

這不是小茜心底最深的渴望嗎？一向對自己的面貌毫無自信的小茜，看見自己現在的模樣了嗎？可是，她卻仍然顯得悶悶不樂。

「別對我那麼有門戶之見。看，我不是壞人吧！」鬼魅般的笑聲，一聽就是笑裡藏刀：「我被你們的堅固友誼給感動了，決定不『保管』小茜的自信了。不但如此，我還送給她這份好禮呢！」

「門戶之見是什麼意思？」阿霖問我。

「就是對和自己不同派系的人有偏見，不輕易接受和包容的意思。」

「是啊，老師沒教你們，要包容不同的意見跟想法嗎？哈哈哈！」鬼魅般的笑聲繼續說：「看我是真的愛小茜吧！小茜，怎麼還那麼沒有自信的樣子呢？快轉身看四周的牆壁，看看你現在的容貌。」

四周的磚牆忽然變成閃亮亮的鏡子，反射出小茜和我們。

變得更美麗的小茜，看著鏡子中的自己，頭卻垂得更低了。

「我不要這樣的自己。」小茜說。

「怎麼回事？我不但把自信還給你，還讓你變得更美了呀！」

「雖然我總是因為唇顎裂的手術痕跡，覺得自己不夠美。可是，我想，已經過了這麼多年，它是我身體的一部分了。因為我有唇顎裂的關係，所以看見了這世界更多不完美的東西，也懂得體會跟包容他們。唇顎裂讓我變成一個……」

小茜停了一會兒，轉過身來看著我跟阿霖。

「變成一個真正沒有門戶之見的人。」

門戶之見

【成語的由來】

《新唐書．韋雲起傳》

今朝廷多山東人，自作門戶。

【大牛愛解說】

原指偏袒自己所屬門派的學說或理論，對其他門派則有偏見。後比喻對事情有先入為主的想法，並對出身於不同背景、派別的人，帶有偏見，不輕易接受。

【小茜連連看】

一孔之見、一家之說

【阿霖反過來】

持平而論、公論公議

彈丸之地

蛋丸之地？是有很多雞蛋，滾來滾去的地方嗎？

當小茜話一說完，她的五官居然緩緩的模糊起來。接著，不到幾秒鐘的時間，又漸漸清楚了。最後，她的嘴脣恢復成原先的模樣。小茜看見牆壁鏡子映照出的自己，終於露出了笑容。

「我回來了。」小茜打趣的說。

「你一直都沒有離開。」我說。

「兩位同學，現在沒時間演偶像劇。請回到現實來，告訴我，現在該怎麼辦？」阿霖對我們呼喊。

「這也是我想問的問題啊。我們現在還是被困在這個地窖裡。」我無奈的看著四周。

「而且跟小茜還是被一道深深的溝隔開來。」阿霖說。

「如果你們能逃脫，就先別管我吧！」小茜朝著我們大喊。

「那怎麼可以呢！我們是一起的，不能分離。」我說。

地窖裡再度傳來鬼魅的笑聲。

「哈哈哈哈！該怎麼辦，就讓我來告訴你們吧！」

轉瞬間，地窖又開始像是魔術方塊一樣，毫無規則的扭轉起來。我們三個人當然又被甩得東倒西歪，感覺天地旋轉，彷彿一切都要崩裂了。

最後，在一陣反胃中，地面裂開的那道深溝漸漸合攏了。

我和阿霖與小茜趁機趕緊跑向對方。可是，就在即將接觸到彼此之前，突然地面像是裝了彈簧一樣，用力一彈，把我們三個人彈進裂縫裡。兩片地面飛快的朝我們三個人合攏，將我們緊緊夾住。

「現在只要地面再一分開，我們就會掉進深淵裡了。」阿霖冒著冷汗說。

「真沒想到這小小的地窖，可以變出那麼多把戲來整我們。」我說。

鬼魅般的笑聲，這回笑得更誇張了。

「哈哈哈哈！是啊，別看我這彈丸之地，到目前為止，你們感受到的厲害，不過是一半而已呢。哈哈哈！」

阿霖悄悄的轉過頭來問我：「雞蛋的蛋丸之地？」

「不是，是子彈的彈。意思就是很小的地方。」我解釋。

「是啊，」小茜忽然對著空氣大喊：「確實是想不到這彈丸之地，也能容得下那麼大的大壞蛋！」

地窖裡的妖怪約莫是被激怒了，瞬間，我們眼前出現三塊漂浮的磚塊，開始對著我們閃起光芒來。每當光芒一閃，我們的身體就顫抖一下，然後又變得更疲憊。不久，那三塊磚緩緩出現我們三個人的名字。

我們的自信，開始一點一滴的被下載到磚塊裡去。

不可以！我不能失去我的自信！我在心中不斷告訴自己，抗拒自信被地窖裡的妖怪剝奪而去。

「失去自信也無所謂吧……」

漸漸失去自信的阿霖，開始講喪氣話了。

「嗯。就算是有了自信，我想我也沒有把握能夠好好運用。」

小茜也開始被影響了。

他們兩個人磚塊上的名字都愈來愈清楚，只有我的還停留在最初模糊的樣子。該怎麼終止這一切呢？這地窖裡的妖怪最怕什麼東西呢？那麼酷愛蒐集別人的自信，恐怕是因為自己很沒有自信。那麼，沒有自信的根源是什麼？他一定有什麼害怕的東西，只要我能想到那個能令他害怕的東西，他就會嚇得落荒而逃吧！可是，那會是什麼呢？

我環顧地窖，覺得這裡真是陰暗極了。地窖是一定不會有陽光的吧！陽光？我突然想到在這個國度裡的太陽是正方形的。不僅如此，所有的圓形，在這裡都消失了。

禁止的圓形。對了！這妖怪一定是怕圓形的，否則，不會想把這國度裡所有的圓形都變成方形。就連地窖裡的磚塊與格局，也見不到一個圓形。

「怎麼辦，那條裂縫……愈來愈大了。」阿霖說。

裂縫不再夾住我們。我們得用雙腳跟雙手撐著，才不至於掉下去。

「大牛，我快沒有力氣了……」小茜痛苦的說。

「好！讓我來試試看吧！」我點點頭。

接著，我用力一扯衣服，然後手掌往空中一拋，立刻發覺鬼魅不再嘻笑了，他尖叫起來，大喊：「不要過來！快走！」接著就是一陣又一陣的慘叫。

地窖搖動起來，那些鎖著許多人的磚塊頓時發出亮光。每個磚塊都冒出水氣來，最後像是一陣煙似的，一絲絲竄向外頭。最後，磚塊上的名字全消失了。

原本想要吸取我們自信的那三塊磚塊，同樣也冒出三道煙，分別鑽進了我們的身體裡。

「每個人的自信，都回到自己的主人那裡了。」小茜說。

不久，天空忽然掉下一個東西。

我上前撿了起來。

「是一個圓規，而且是壞掉的，整個形狀都歪掉了。」小茜看了看說。

「這東西，該不會就是整我們的怪物吧？」阿霖說。

「可能喔。也許是因為自己畫不出圓形來，所以變得很沒有自信。於是，想

要吸收跟他一樣沒自信的人，好讓他覺得不孤單。」小茜說。

「而且因為畫不出圓形來，所以就對圓形產生了恨意，不准這國度裡出現任何的圓形。」阿霖附和著。

「問題是，有圓規精這種東西存在嗎？」我納悶。

「在一個不無聊的世界裡，就會存在。」小茜露出一抹意味深長的微笑。

不知道什麼時候，地窖忽然也不是地窖了。我們所站的地方，恢復成當初我們進來投宿的那間民宿。

我們走到街上，看見路人不再垂頭喪氣的走路；天空中的太陽，也恢復成圓形。當然，這國度裡所有被禁用的圓形也總算解禁了。

「對了，大牛，你剛剛用什麼對付圓規精的？」阿霖問。

「你並沒有用撲克牌備用的第三個願望，不是嗎？」小茜也很好奇。

我指了指我身上的襯衫。

「咦，少了一個釦子！」小茜問。

「沒錯。我只是用釦子去丟他罷了。因為我想到他可能是害怕圓形的，所以

就試試看用圓形的釦子去嚇他，沒想到真的成功了。」

「大牛真聰明！」

小茜和阿霖異口同聲的稱讚我。

我的臉漲紅了起來，彷彿今天的天氣特別炎熱。

彈丸之地

【成語的由來】

《史記．平原君虞卿列傳》

此彈丸之地弗予，令秦來年復攻王，王得無割其內而媾乎？

【大牛愛解說】

像彈丸一樣大小的地方。比喻面積非常狹小的地方。

【小茜連連看】

立錐之地、方寸之地、一隅之地

【阿霖反過來】

地大物博

第五章

選擇

道聽塗說

說得好像是真的一樣。其實，事情根本沒有經過證實。

離家的時間愈久，我們的身心也就愈疲憊。

我猜想我們三人都有那麼一點思鄉的心情，不過，沒有一個人敢把這念頭說出口。一來是深怕一說出來，會更加影響彼此的情緒；二來是，坦白說，這趟旅程是我們自己選擇的——是我們因為覺得現實生活太無聊，而自願接受的挑戰。

帶著複雜的情緒，我們繼續往前走。走著走著，不久，我們在半路上看見一群人，他們聚集在電視牆前面，不知道在討論什麼。

我們三個人好奇的湊上前。

「發生了什麼事嗎？」阿霖問。

聚集在螢幕前的那群人當中，有個長得十分俊秀的少年回過頭來。

「又有人要爆炸了。」

與其說覺得這句話很恐怖，不如說是被少年的表情跟聲調給震撼到了。

俊秀少年的臉龐覆蓋著一股好沉重的哀戚感。那說話的聲音非常的冷靜，但卻是一種冷到令人心寒的絕望感。

「哪、樣、的、爆炸？在『人』的身上？」

我一字一句很用力的發出疑問。

少年沉默不語，他的表情彷彿又更沉重了。

我的腦海裡忽然想起看過的電影情節，那種推理動作片裡人被綁滿炸彈，然後倒數到零，就會爆炸的畫面。

「既然說又有人要爆炸了，那麼，應該知道什麼時候會爆炸吧？」

我拐了個彎，繼續追問這問題。

「確切的時間你當然不會知道。就像是你一向不會知道『那些事情』是什麼時候發生的。總之，你知道會發生，但永遠是在發生以後才驚覺，真的就是這樣

『爆炸』了。」少年解釋。

小茜轉過身來，看了我一眼。她的臉上閃過一抹又噁心又惶恐的神情。

「請問你們從哪裡得到這樣的消息？」

那群聚集的人，包括少年在內，每個人都面面相覷，支支吾吾不知道在說什麼。最後，他們終於指派少年代表發言。

「我們也是剛才在路上聽到人家說的。應該是非常可靠的消息。」少年回答。

「這豈不是道聽塗說嗎？」我說。

「什麼意思呢？」少年問。

「道聽塗說的意思，就是在半路上聽到沒有什麼根據的事，卻當作是自己親眼看見的，甚至還說給別人聽。其實，事情根本沒有經過證實。」我解釋。

「所以，你是不相信我說的嘍？」少年依然一派冷酷。

「也不是不信，只是不知道該怎麼相信。」我說。

「是啊。怎麼人好端端的會爆炸呢？是什麼原因，你又不解釋。」阿霖說。

少年突然走到阿霖的面前，面對面的，距離非常近。

「就是會爆炸。」

少年指著阿霖的嘴巴：「就從這裡，爆炸。」

道聽塗說

【成語的由來】

《論語．陽貨》

道聽而途說，德之棄也。

《漢書．藝文志》

小說家者流，蓋出於稗官，街談巷語，道聽途說者之所造也。

【大牛愛解說】

在路上聽到一些沒有根據的話，不加求證就又在路途中說給其他的人聽。泛指沒有經過證實、缺乏根據的話。

【小茜連連看】

以訛傳訛、街談巷語、齊東野語、無稽之談

【阿霖反過來】

耳聞目睹、言之鑿鑿

棄暗投明

不喜歡黑暗，就表示不喜歡黑色，那他一定也討厭黑面琵鷺。

道聽塗說的這群人，原來從沒真的見過從嘴巴開始爆炸的人。

「雖然我們沒親眼看見身邊的朋友爆炸過，但總是能在新聞裡看到那些不幸爆炸的人。」少年說。

一切全是聽來的。究竟為何爆炸、怎麼爆炸、後果又是如何？這群人眾說紛紜，說了半天，我們也勾勒不出個所以然來。

不過「從嘴巴開始爆炸」這句話無論怎麼想，確實都令人毛骨悚然哪。

少年警告我們，如果現在能夠掉頭，那麼最好儘快離開。總之，儘量遠離這個國度是最好的。因為只要踏進了，就可能成為下一個被挑中「爆炸」的人。

「我們是這個地方的公民，所以想逃也逃不了。但是一旦踏進了我們的領

土，無論是不是本地人，都會被視為一份子。」

小茜害怕的說：「我看，我們還是趕緊走吧。」

我和阿霖點頭。可惜，當我們正準備轉身離開時，發現已經來不及了。

一張透明堅固的牆，擋住了我們的去路。天空中浮現出一個巨大而閃亮的箭頭，指著前方。那所謂的前方，指的就是會令人爆炸的國度。

我們知道，這已經是無可避免的任務之一了。

當我們跟著少年走進城門，經過一棟高樓時，樓面上的電視牆正播送著新聞。同時，街角地鐵入口的書報攤也放了成堆的報紙特刊。

「最新爆炸的人，今早出爐！」

所有的新聞都寫著類似的斗大標題。

我們買了份報紙，同時仔細看了看電視牆上播送的新聞。新聞正現場連線那位最新的「爆炸」人士。可是，這個人的外表看起來並無異樣。所謂的爆炸，並沒有在他身上出現啊。我們三個人相當納悶。

「怎麼會沒有呢？你們沒發現他一直講個不停嗎？情緒就像是炸彈爆炸般，

一發不可收拾。而且，只要稍微了解一下這些人的講話內容，就會明白他們講的話也像是爆炸以後的碎片一樣。」少年說。

「意思是說的話毫無章法，想法非常破碎嗎？」我問。

「沒錯。最恐怖的是，他們會黑白不分的情緒爆炸。」

電視牆上的爆炸人士真的沒有停過，滔滔不絕的講個不停。

「我們絕對不容許這位歌手棄暗投明！」電視上的他亢奮的舉起右手大喊。

老實說，他的模樣很像我老爸愛看的政論節目裡，那些所謂的政治名嘴。

「棄暗投明？」阿霖問。

「意思就是放棄黑暗邪惡的信念，投向光明正義的世界。」我解釋後，問少年：「可是我不懂，他說他不容許歌手棄暗投明的意思。歌手本來是黑道嗎？」

「哎。其實根本只是因為那個歌手出了一張專輯，歌名叫做〈我討厭黑〉而已。原本，歌詞說的是歌手討厭黑暗的感覺，結果這個人不知道吃錯了什麼藥，開始串聯一群同盟，到處攻擊他。最後，找上了最喜歡誇張新聞的電視記者投訴，他們說這位歌手不喜歡黑暗，就表示不喜歡黑色，那麼，在潛意識裡他們就是看不起黑人，有種族歧視；還說他一定也討厭黑面琵鷺，是不愛動物，破壞環境的惡人；又說他身為公眾人物卻公開宣稱討厭黑，會讓所有使用黑色顏料的廠商、服裝公司、印刷公司倒閉，他是十惡不赦的罪人。」

少年說，最後歌手被迫出面道歉，並順水推舟的說，其實他唱他討厭黑，指的是討厭黑金與黑道。沒想到爆炸人士卻率領著擁護者反駁，指歌手自行連結到黑道與黑金方面，是他們完全沒想到的範圍，可見必有內情。他們告到法院，指稱歌手跟黑道與黑金必有掛鉤，才故意撇清關係。

「天啊，真的是情緒從嘴巴爆炸了。」阿霖皺起眉頭來說。

「根本是誤用了『棄暗投明』這成語吧？」小茜問。

「『棄暗投明』雖然是說放棄黑暗，迎向光明，但絕對不是這種用法啊！這是不是太誇張啦。他不去了解真正的意思，完全扭曲了原意。」

我搖搖頭。

就在我看著電視，搖頭的剎那，電視裡那位爆炸人士的眼睛忽然對上了我的雙眼。不知道為什麼，就在一瞬間，我感覺身體一陣不適。

棄暗投明

【成語的由來】明．許仲琳《封神演義．第五十六回》

今將軍既知順逆，棄暗投明，俱是一殿之臣，何得又分彼此。

【大牛愛解說】拋棄黑暗，投向光明。比喻在人生道路的抉擇上認清是非，選擇正道，放棄邪念。

【小茜連連看】改邪歸正

【阿霖反過來】自甘墮落

別有洞天

這裡明明是草原，不是洞穴啊！

原來，「人從嘴巴開始爆炸」是這個意思。我們終於明白了。

晚上透過少年的介紹，在他家附近找了間旅館住下。在房間裡看新聞時，看見過去幾位爆炸人士的訪問片段，他們正在談論對於最新爆炸人士的看法。

好笑的是，這些爆炸人士只有第一句話是跟這位抗議歌手「棄暗投明」的事件有關，接下來講的內容便偏離主題，完全不知道在生什麼氣。

這些人彷彿就像是什麼專家似的，在畫面的字幕上，他們的名字前都掛著「爆炸人士」的職稱。這些爆炸人士不只會亂用成語，就連一般的語彙在他們爆炸之後，也會被亂用。比如，之前有個作家寫了篇文章提到「踏青」這兩個字，竟然也被批評為作家不環保，鼓動讀者去踐踏青草坪。

踏青指的是去戶外郊遊，完全不是踐踏草坪的意思啊。

或許是被這些爆炸人士的荒誕言論給嚇到了吧，這一晚，我睡得不太安穩。耳中一直隆隆作響，身體被什麼東西充滿了，好想嘔吐，心裡很煩躁。

第二天，我們和少年碰面時，他忽然盯著我的臉，仔細觀察了好一會兒。

「喂！你還好嗎？看起來臉色不太好。」

「嗯，確實有點不太舒服。昨晚也沒睡好。」我說。

「有人謠傳，這兩天又會有新的人要爆炸了。」

「是嗎？會不會有一天，這裡所有的人講起話來，全都像是爆炸了一樣，每個人都停不了呢？」

「照這樣下去，應該是會的。」

「那會怎麼樣？」

少年聳聳肩，搖頭表示無法想像。

「要不就是被彼此吵死，要不就是情緒亢奮到發瘋吧。」阿霖笑了笑說。

我跟小茜也跟著笑起來，唯有少年仍掛著冷漠的表情。

「我帶你們去一個地方。」

跟著少年走，我們鑽進一個小巷子。走出這條狹窄的巷子時，以為會是更狹小的地方，沒料到，眼前是一片寬闊的草原。

「真是別有洞天啊！沒想到會是這樣美麗的地方。」我說。

「這裡明明是草原，不是洞穴啊！」阿霖納悶。

「『別有洞天』的意思原本確實是指走進洞裡，發現一片意想不到的新天地。後來，只要是走進某個地方以後，看見了遠遠超出預期的美麗景色，都可以用這句成語來形容。」我說，心裡卻有點不耐煩，覺得阿霖的程度真是太差了。

「原來如此。」阿霖話題一轉，指著前方：「他們在幹什麼？」

草原上有一堆人，彼此不斷謾罵著。

「這些人也是爆炸人士，不幸的是，他們爆炸的話題，並沒有引起媒體注目，無法成為媒體寵兒。所以不知道從什麼時候起，這些人就會聚集在這裡，對彼此咆哮。反正，每個人都需要說話，每個人也需要聽眾。」少年說。

「被冷落的爆炸人士，真慘！想引起別人注意，卻總是失敗。」

「你說這樣的話是什麼意思？引人注意有什麼了不起！」我心中的反感突然升高，覺得阿霖太自以為是了。

「有些人就是條件不夠好啊，那也沒辦法。對吧？」阿霖還在開玩笑。

「不夠好？你覺得我哪裡不夠？我智商不夠嗎？」

我再也忍不住的冒出這樣一句話來，別說阿霖跟小茜被嚇了一跳，連我自己都以為這句話是別人說的。然而，它確實是從我嘴裡冒出來的。

「大牛，你還好吧？你這麼聰明，怎麼會智商不夠。只是身高有點不夠啦，這你自己也知道的。」阿霖繼續開玩笑。

結果，我竟然又像是嘔吐似的，一連串控制不住的話，從嘴裡爭先恐後的吐出來。「身高不夠？你歧視所有的矮子嗎？你看不起長得矮的人嗎？你侮辱了所有不夠高的人！」

我為什麼會說出這種荒謬的言論？我好緊張。可是，我完全無法克制了。

小茜跟阿霖已經知道事情不對勁，不敢再多說什麼刺激我的話，然而，一切都來不及了。我開始對著大家激動的咆哮起來。凡是跟「不夠」扯得上關係的，我

都有辦法指責他們的罪過。

少年的嘴角終於在這一刻微微的上揚了。

天啊！

輪到我了。我，爆炸了。

別有洞天

【成語的由來】唐．章碣〈對月〉

殘霞卷盡出東溟，萬古難消一片冰。公子踏開香徑蘚，美人吹滅畫堂燈。瓊輪正輾丹霄去，銀箭休催皓露凝。別有洞天三十六，水晶臺殿冷層層。

【大牛愛解說】「洞天」，本指神仙所居住的名山勝境。後以「別有洞天」形容風景極為秀麗，引人入勝。

【小茜連連看】別有天地、世外桃源

【阿霖反過來】平淡無奇

森羅萬象

森林、騾子和大象？這些木柵動物園就有了！

我完全沒想到少年口中，這兩天即將爆炸的人，竟然就是我。

當我看見少年臉上表情的剎那，我很清楚，這一切必然是跟他有關的。

然而，我已經無法透過嘴巴，正確的表達腦子所想的事情了，因此，根本不能跟阿霖與小茜傳遞我的推論。這個時候，少年藉故說家裡有事，走開了。

我覺得我好像一臺關不掉的收音機，一直不斷的講話，而且是非常亢奮的高分貝，這令我相當的疲憊。

我就這樣講了一整天，心裡覺得很對不起阿霖跟小茜，可是他們並不了解我，他們只是覺得我也爆炸了，一副凶神惡煞的樣子，又毫無理智的將他們冠上各種「罪名」，不停的批評，很惹人討厭。我知道，他們快要忍受不住了。

到了晚上該睡覺的時候，我依然停不住嘴。起初阿霖跟小茜還試著讓自己睡著，但最終仍不敵我的言語爆炸，於是只好放棄睡眠。

阿霖跟小茜以為（事實上我也這麼以為）只要把我留在房間裡，他們去外面散心，或著另外租一間房間就好了，但是，爆炸人士的威力可是不容小覷的。我竟然死命的跟著他們。要是把我隔離起來，或者用抹布把嘴巴塞住，那麼，我就會用更大的音量講話，講到我的喉嚨都快裂開，我還是講個不停。

第二天，狀況還是沒有好轉。

終於，到了下午，阿霖站在依然喋喋不休的我面前，說：「大牛，對不起。我們想了很久，決定不聽你的抱怨只有兩種方法，第一種就是拋棄你。這趟闖關之旅，我跟小茜要先退出遊戲，只留下你一個人在這個非現實的世界。」

別這樣啊！別拋棄我。去找那個少年啊，肯定是他搞的鬼。

「第二種就是動用許願撲克牌的第三個備用願望。不過，我們都知道，第三次許願時，也會帶來副作用。我們不知道那個副作用會是什麼。」

這真是兩難。雖然我的嘴巴仍繼續講著話，但在我的內心，卻是異常的沉默。

「還有第三種選擇。」忽然從我們的背後傳來這樣一句話。

我們轉過頭看，是那少年。

「第三種選擇是什麼？」小茜問。

「成為我的夥伴。」

此時，少年的臉龐開始冒出煙來。他原本俊秀的臉，竟青筋爆出，漸漸扭曲，像是一塊黏土似的變化著。最後，他的臉上竟然輪番浮現出這一路以來，我們遇見過的，所有找過我們麻煩的惡人。

「你到底是誰？」阿霖問。

「不必管我是誰！」少年忿忿的回應。

「為什麼要成為你的夥伴？」小茜問。

「成為我的夥伴，不只能讓你們的好朋友大牛恢復正常，還可以帶領你們幾個人看見這世界更多、更美好、森羅萬象的一切。」

「森林、騾子和大象嗎？這些東西何必跟著你才能看到，木柵動物園就有了！況且我比較喜歡貓熊。」阿霖說。

少年聽了以後，哈哈大笑起來。阿霖真是夠了，真丟臉。

小茜急忙向他解釋：「不是啦！森羅萬象不是那幾個字。森羅萬象指的是天地之間充滿了許多事物跟現象，雖然五花八門，但井然有序的意思。」

「成為我的夥伴，留在這裡，一起陪伴著我。讓我們一起研發更多有趣的任務，好吸引那些在現實生活中，跟你們一樣常抱怨無聊、漫無目標的小朋友們，也踏進這個世界。」

原來，這個世界的一切挑戰，都是眼前這少年設計的嗎？不，他不是個少年，這必然也只是他的外在形體而已。

「那怎麼可以？我們還要回去現實世界的。這不就是我們一路闖關，希望完美完成任務的目的嗎？」阿霖緊張的說。

「何必回去現實世界？留在這裡，我不無聊，而你們也不會再無聊。我們會一起見證各種奇妙的事，見到更多比你們三位更逗趣的人唷！」

「說得我們好像是雜耍團似的。真是！」小茜嘟起嘴。

「你們留在這裡，不會再有什麼困擾你們的任務了。如果選擇回去，卻會有

更多令你們煩惱、痛苦的任務在等著。絕對比這裡還要艱辛的唷！」

少年大手一揮，忽然，眼前出現三片螢幕。螢幕上分別出現我們三個人此刻的樣子。不久，這三個人迅速的長大成我們自己都認不出來的模樣。

「好好欣賞你們的人生預告片吧！」少年冷冷的說。

森羅萬象

【成語的由來】

南朝梁・陶弘景《茅山長沙館碑》

夫萬象森羅，不離兩儀所育；百法紛湊，無越三教之境。

【大牛愛解說】

宇宙間的各種現象繁多而整齊的排列在眼前。形容內容豐富，應有盡有。

【小茜連連看】

包羅萬象、應有盡有

【阿霖反過來】

一無所有、空空如也

葉落歸根

不管流浪到了哪裡，終有一天，還是想回家。

所謂的人生預告片，就像是電影預告片一樣，剪輯出電影裡的精華，告訴觀眾這部片子大概在說些什麼故事。

我們在短短的三分鐘內，看見了自己的一生。除了出生以外，這一輩子的喜怒哀樂，聚散離合，老病傷殘，甚至死亡，都見到了。

「為什麼要給我看這些？我不想預知我的人生。」

小茜閉起眼。其實，預告片已經演完了。

「你們若是回去現實的世界，就得經歷這些。到時候要面臨的任務與挑戰，可不比這裡的遊戲哪。在現實世界裡發生的很多狀況，你們以為能夠克服，其實，最終都會失敗的。」

不要再聽這個少年講的話了。他掌握了人性，再聽下去，會被洗腦的。到時候真的就會放棄回到現實世界，被說服跟他留在這裡啊！

沉且，他讓我們看的人生預告片，又不一定是真的。別相信他！

「這是一個很棒的選擇。可以避免痛苦的人生，可以過著有趣的生活，同時又能夠拯救你們爆炸了的好朋友哪！」

沉默的阿霖跟小茜，彼此對看一眼，點點頭，彷彿已經被他影響了。

「好。我們答應你。」阿霖說。

喔，不！我在內心吶喊，但嘴裡仍亢奮的抱怨著「不夠」的老話題。

「很好的選擇。」少年冷笑起來。

「那麼請讓大牛恢復正常吧。」阿霖說。

「我會讓他恢復正常的，但不是現在。因為誰知道你們會不會後悔呢？所以，我必須等到你們放棄回到原來的世界，確定留在這裡，並且吸引到新的一批小孩進來時，我才能讓大牛恢復正常。」

「你擔心我們後悔，不過，我們也擔心你會後悔。」小茜說。

「是啊。誰知道到時候，你會不會說謊呢？」阿霖也說。

就在這時候，阿霖忽然掏出他的許願撲克牌來。

「所以，我們其實已經回到了現實世界。」阿霖說。

阿霖用了會帶來副作用的備用願望？

「不可能。許願撲克牌不能用來許回到現實世界的願望。」少年說。

「但是我們確實已經回到現實世界了。」小茜說：「不信的話，請你仔細瞧瞧四周。我們現在所在的位置，是大牛家雜貨店的後門。」

「絕對不可能！」

其實，就連我自己也覺得不可能。然而，奇妙的是，當少年轉身環顧四周時，我們真的回到了現實世界的場景，也就是我家雜貨店的後門。

我們真的回到現實世界了？

「不！怎麼可能！許願撲克牌怎麼可以許下回到現實世界的願望呢？我不要回到現實世界！為什麼你們要把我帶回來！我恨你們！」

少年的臉色變得非常慘白。他淒厲的大喊著，雙手抱住頭，好像非常痛苦

的樣子，整個人開始在地上打滾起來。

幾秒鐘後，他的身體開始化成黑煙。不一會兒，地上只剩下少年的衣服，其餘都消失得無影無蹤。

在黑煙散去之後，我發現自己終於安靜下來，不再滔滔不絕的說話了。

終於，我恢復正常了。

「為什麼我們可以回到現實世界？」我好奇的問。

「我們並沒有真的回到現實世界。」阿霖說。

「那一切只是幻影。阿霖用了備用願望，許下營造出你家的幻影，成功騙過了那個少年，讓他以為是真的。」小茜說。

「我們猜想那個少年很痛恨現實世界，沒想到他真的這麼怕，嚇得落荒而逃，也解除了對你的咒語。」阿霖說。

「他當年也是像我們這樣，誤闖另外一個世界嗎？」我問。

「也許吧。他還選擇了永遠待在那裡，不願意回去呢。」小茜說。

「不知道他現在去了哪裡？」阿霖問。

「不曉得。總之，解開了大牛的咒語就好。」小茜說。

「我忽然在想，如果他真的是這一切的設計者，現在正受到驚嚇，還沒發現自己受騙。那麼有沒有可能，不只是我的咒語被解開，我們還可以從闖關任務中脫身了呢？」我大膽推測。

「當然有可能。」他們的眼睛都亮起來了。

這時候，我忽然聽到屋子裡傳來熟悉的聲音。

「大牛！你跑去哪裡了？快點回來看店，我要去睡個午覺！」

是我老爸的聲音耶！

我們三個人趕緊從後門進了屋子，真的看見了老爸。

「不是撲克牌營造的幻影嗎？」我問。

他們兩個聳聳肩，也無法解釋這一切。

「果然，不管去了多遠的的方，總要葉落歸根的。」我笑起來。

「這是什麼意思？」阿霖問。

「樹高千丈，葉落歸根。意思就是無論長得多高的樹，最後葉子仍會落下

來，落到樹根旁。後來葉落歸根就用來形容，不管去到了哪裡，終有一天，還是要回到自己生長的地方。」

「這句成語我喜歡，我一定會牢牢記住的。」阿霖笑起來。

「不只這句而已吧！這一路上，你可學到不少成語，都得好好記住才行！」小茜說。

阿霖露出他帥氣的招牌笑容，認真的點點頭。

就這樣，我們回到了現實世界。

到底怎麼回來的呢？沒有人知道。就像也沒有人知道，我們是怎麼誤闖進那個電玩似的闖關虛幻世界一樣。

我們三個人重新再去檢查客廳裡，當初那個地下室的入口，可是，翻開椅子下的地毯，卻什麼也沒有。

後來問了我老爸，這棟老房子的地下室該怎麼下去？

「你有毛病啊！住了這麼多年，你不知道這裡沒有地下室嗎？」

老爸這麼回答我。

算了，很多事情都是無法解釋的。

那些無法解釋的事情，永遠只有我們這些小孩懂得。喔，倒也不是所有的小孩，而是像我們三個這樣早熟的小孩。

一年以後，這間我老爸一直堅持下去的雜貨店，終於也宣告結束了。因為老爸終於體認到房子實在過於老舊，不堪使用，決定接受建商提議，改建成大樓。我們除了能獲得高樓層的一戶住宅以外，建商也允諾未來大樓蓋好後，一樓便利商店的加盟經營權，會交給我老爸。也就是說，老爸的雜貨店並不會消失，而會搖身一變，變成乾淨明亮的超商。

不用花什麼錢，就可以有一間新店，又有新房子可住，這說服了我老爸。

老房子拆得精光的那一天下午，我跟阿霖、小茜來到工地。所謂工地，其實就是以前生活的地方。

「真難想像，以前我們在這裡打發過不少無聊的時光呢！」阿霖說。

「是啊。房子拆了，才覺得這塊地真小。」我說。

「不小、不小，它可以通往一個很大的世界呢！」

小茜露出一抹意味深長的笑容。

我和阿霖點點頭，當然知道她指的是什麼。

在離開之前，我們忽然發現工地的一角閃爍著青色的光芒。我們好奇的走到前面，一看，嚇了一跳。

「不會吧？」阿霖冒出話來。

我們下意識的往後退了一步，看著那束光芒。

「這就是使用備用願望的副作用吧。通往那個世界的入口，或許永遠不會從現實生活裡消失？並且，一直引誘我們再進去？」我猜測。

「不會消失……一直引誘著我們嗎？」阿霖問。

「嗯。如果有一天又覺得現實生活很無聊時，會想再進去嗎？」我問。

「不會。」阿霖跟小茜不假思索，異口同聲的回答。

是不會再踏入？還是生活不會再無聊了呢？

小茜跟阿霖沒有說，我也沒有再追問。

神祕入口的青色光芒，就這樣逐漸隱沒在黃昏的餘暉裡。

我們離開工地，三個人並排著往前走。背著夕陽的光芒，明明已經是初冬了，我卻感覺今天的傍晚，特別的溫暖。

葉落歸根

【成語的由來】宋．釋道原《景德傳燈錄．卷五》

葉落歸根，來時無口。

【大牛愛解說】樹葉凋謝後，落回根處。比喻事物最後終會返回本源。後亦用以比喻久居異地的人返回家鄉。

【小茜連連看】飲水思源

【阿霖反過來】離鄉背井

附錄

成語錄

【決定】

對牛彈琴：為牛彈琴，但牛依然低頭吃草，聽而不聞。比喻講話、做事不看對象。後來也用來比喻對不懂道理的人講道理。

如魚得水：比喻得到和自己意氣相投的人或很適合的環境，能夠發揮所長，就像是魚在水中優游一般自在。

一瀉千里：形容水奔流直下，順暢且快速。後來引申比喻行文流暢或口才便給，很有氣勢，毫無阻礙。或比喻快速下降且持續不斷。

一言九鼎：比喻一個人說話很有分量或很有信用。

【獲得】

十拿九穩：比喻對於某件事很有把握，絕對不會出錯。

退避三舍：比喻遇到實力很強的對手而主動讓步，保持相當的距離，以求安全。

立竿見影：把竹竿豎立在陽光下，馬上見到它的倒影。比喻做事迅速收到成效。

借花獻佛：借用別人的花來供養佛。比喻借用他人的東西來作人情。

青面獠牙：臉色青綠，長牙外露。形容面貌非常凶惡可怕的人。

沉魚落雁：形容女子的美貌，連魚和鳥都為之傾倒。

器宇軒昂：「器宇」，指人的胸襟和氣度；「軒昂」，形容意態不凡。「器宇軒昂」形容一個人神采飛揚，氣度不凡。

萬人空巷：形容歡迎某人或舉行慶典時擁擠、熱鬧的盛況。

【團結】

門可羅雀：形容做官的人失勢後門庭冷落、賓客稀少的景況。後來又泛指一般訪客稀少、門庭冷清的窘態。

眾志成城：眾人同心，力量堅固如城。比喻團結一致，同心協力。

掩耳盜鈴：比喻想要瞞騙他人，結果卻只是欺騙自己而已。

赴湯蹈火：比喻為了達成目標而奮不顧身，不怕任何艱難和危險。

烏合之眾：比喻暫時湊合，無組織、無紀律，毫無計劃、臨時組合的一群人。

以卵擊石：拿雞蛋去碰石頭。比喻自不量力或以弱攻強，結果必然失敗。

望梅止渴：望著梅子，以達到解渴的目的。比喻得不到東西，只好以空想來安慰自己。

【失去】

鷸蚌相爭：比喻雙方爭執不相讓，必會造成兩敗俱傷，反讓第三人獲得利益。

忠言逆耳：實話或勸戒因為不經過詞藻的包裝和修飾，聽起來總是特別刺耳，不容易被接受。

肝膽相照：比喻誠心誠意互相對待，彼此講求義氣，是真正的好朋友。

攀龍附鳳：比喻巴結權貴、倚仗有聲望的人，以提升自己的階級、權勢。

門戶之見：比喻對事情有先入為主的觀念，並對出身於不同背景、派別的人，帶

有偏見，不輕易接受。

彈丸之地：像彈丸一樣大小的地方。比喻面積非常狹小。

【選擇】

道聽塗說：在路上聽到一些沒有根據的話，不加求證又在路途中說給其他人聽。泛指沒有經過證實、缺乏根據的話。

棄暗投明：拋棄黑暗，投向光明。比喻在人生的道路上認清是非，選擇正道，放棄邪途。

別有洞天：形容風景極為秀麗，引人入勝。

森羅萬象：形容內容豐富，應有盡有。

葉落歸根：樹葉凋謝後，落回根處。比喻事物最後終會返回本源；也用來比喻久居異地的人返回家鄉。

張曼娟學堂系列 010

張曼娟成語學堂 II
完美特務

策　　劃｜張曼娟
作　　者｜張維中
策劃協力｜吳信樺
繪　　者｜九子

責任編輯｜李幼婷
特約編輯｜蔡珮瑤
視覺設計｜霧室
行銷企劃｜陳雅婷

發行人｜殷允芃
創辦人兼執行長｜何琦瑜
副總經理｜林彥傑
總監｜林欣靜
版權專員｜何晨瑋、黃微真

出版者｜親子天下股份有限公司
地址｜臺北市 104 建國北路一段 96 號 4 樓
電話｜（02）2509-2800　傳真｜（02）2509-2462
網址｜ www.parenting.com.tw
讀者服務專線｜（02）2662-0332 週一～週五：09:00~17:30
讀者服務傳真｜（02）2662-6048
客服信箱｜ bill@cw.com.tw
法律顧問｜台英國際商務法律事務所 ・ 羅明通律師
製版印刷｜中原造像股份有限公司
總經銷｜大和圖書有限公司 電話：（02）8990-2588

出版日期｜ 2017 年 7 月第一版第一次印行
　　　　　2021 年 4 月第一版第八次印行
定　　價｜ 320 元
書　　號｜ BKKNA010P
I S B N ｜ 978-986-94737-4-3（平裝）

訂購服務
親子天下 Shopping ｜ shopping.parenting.com.tw
海外 ・ 大量訂購｜ parenting@cw.com.tw
書香花園｜臺北市建國北路二段 6 巷 11 號　電話（02）2506-1635
劃撥帳號｜ 50331356 親子天下股份有限公司

國家圖書館出版品預行編目 (CIP) 資料

完美特務 / 張維中撰寫 ; 九子繪圖. -- 第一版.
-- 臺北市 : 親子天下, 2017.07
208面 ; 17×22公分. -- (張曼娟成語學堂 II ; 2)
(張曼娟學堂系列 ; 10)
ISBN 978-986-94737-4-3(平裝)
859.6　　106007539

立即購買 >